KB045910

계획대로 될 리 없음!

계획대로 될 리 없음!

윤수훈 지음

시공사

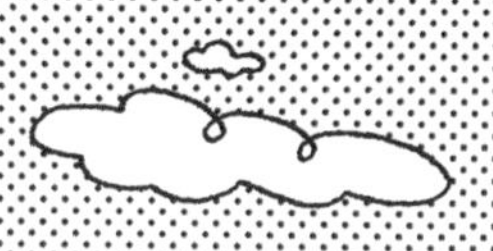

contents

04 마냥 망하라는 법은 없다

prologue

이토록 무력한 계획이라니

지난주에 비행기표를 샀다. 프랑스 니스로 시작해 스페인과 포르투갈을 거쳐 경유지인 터키로 마무리하는 약 한 달간의 일정으로.

'비행기표를 샀다'라는 말은 뭔가 많은 뜻을 내포하고 있는 것만 같다. '가방을 샀다', '노트북을 샀다', '옷을 샀다'와 같은 말에서 읽히는 심리와는 확실히 다른 독특한 구석이 있다. 비행기표를 산 주체가 누구냐에 따라 이 문장에 담긴 의미가 달리 읽힐 수도 있다. 그러나 단순한 소비욕 때문만이라고 단정 짓기는 어렵다. 그러기엔 '비행기표'가 지닌 의미가 심상치 않다.

누군가에겐 휴식, 누군가에겐 도피, 누군가에겐 일, 누군가에겐 설렘과 두려움을, 또 누군가에겐 지루함을. 비행기표에 담긴 상징이 확실히 평범하지만은 않아 보인다.

나는 비행기표를 '그냥' 샀다. 큰 고민 없이 샌드위치 가게에서 토핑을 골라 주문하듯 인-아웃 도시와 경유지를 정하고는 그렇게 만들어진 비행기표를 구입했다.

확실히 여행은 내게 그런 존재가 되었다. 길을 걷다 배가 고프면 주문하는 샌드위치와 같은. 마침 지난주의 나는 배가 고팠고, 맛있어 보이는 비행기표를 주문했다. 이제 남은 것은 주문한 샌드위치를 맛있게 먹는 일뿐이다.

그리하여 나는 2020년 6월 말, 니스로 떠날 것이다. 이 여행에 이름을 붙인다면 '그냥 여행'이다. 세워놓은 계획이라곤 확정된 비행기 좌석 하나뿐. 그것으로 충분하다. 일단 저지르면 뭐라도 되었던 것이 지난 나의 여행이었으니까.

• • • • •

한 달 뒤, '그냥 여행'이 취소되었다. 이유에 대한 별다른 설명이 필요할까. 2020년은 코로나바이러스의 해로 기억될 한 해인데.

2019년 12월 초, 중국 우한에서 코로나바이러스가 시작되었다. 시작은 여느 유행 질병과 다름없이 그리 무겁지 않았던 것으로 기억한다. 메르스, 사스, 신종플루까지 겪어봤다. 코로나바이러스 또한 조만간 무탈하게 지나갈 줄 알았다. 물론 나의 '그냥 여행'과도 상관없는 얘기라 여겼다.

일상은 빠르게 변했다. 마스크 착용이 권장에서 필수로 바뀌었다. 사실 그때까지만 해도 시의적인 방역일 뿐이라 생각했다. 그러나 얼마 지나지 않아 식당 방문 시 명부를 작성해야 했고, 가까운 사람들을 만나는 것마저 어려워졌다. 술 약속을 잡았다 취소했다 반복하는 날이 잦아졌고, 무대에 오르는 배우 친구들에게서 공연 취소

소식이 자주 들려왔다. 화상 채팅과 같은 비대면 소통이 더 이상 낯선 일이 아니게 되었다. 계절이 바뀌었고 사람들의 표정도 바뀌었다. 어느 날 뉴스에서 아나운서가 얘기하더라. '팬데믹*pandemic*'이라고.

하늘길이 막힌 건 물론이오, 경제도, 생계도 심각하게 위협받는 혼돈의 세상. 그것이 지금 우리가 사는 세상이 되었다. 이 모든 게 순식간에 일어난 일이다.

당연한 얘기지만 '그냥 여행' 또한 자동으로 취소되었다. '그냥 여행'이 시작도 못 해보고 끝난 '망한 여행'이 되어버린 것이다.

여행을 취소하던 날, 나는 허파에 바람 빠진 사람처럼 하루 종일 허허 웃어댔다. 계획이란 어쩜 세상 앞에 이리도 무력할 수 있을까. 멋들어진 계획을 세워도 내 뜻대로 흘러가지 않는 게 인생이란 건 진작 알고 있었지만, 비행기표를 구입했을 뿐인 이런 하찮은 계획도 망할 수 있다는 사실은 미처 알지 못했다.

나는 계획대로 되지 않은 일을 두고 '망했다'라는 표현을 자주 쓴다. 사전적인 의미보다는 조금 순화된 '엉망진창' 정도의 의미로 사용하는 것 같다. 이번엔 잘 모르겠다. 엉망진창 정도가 아니다. 실수로 빠져버린 나사 하나 때문에 세상이 속수무책으로 무너져 내려앉은 것 같다.

과연 다시 여행이란 걸 떠날 수 있는 날이 오기는 할까. 아니, 이전과 같은 일상이라도 되찾을 수 있을까. 마스크 없는 일상, 가족과 친구들과 모여 맛있는 음식을 나누며 서로의 근황을 묻던 모임, 미지의 세계를 찾아 떠났던 가슴 뛰는 여행, 그 모든 것들이 영영 과거의 것이, 추억의 영역이 되어버린다면.

• • • • •

스물셋에 600만 원으로 두 달간 유럽 여행을 다녀온 적 있다. 비행깃값 포함이다.

출발하는 날, 비행기를 놓쳤다. 학생 특가였던 바람에 환불도 받지 못했다. 그 자리에서 새로 티켓을 구입했다. 그것밖에 방법이 없었다. 결국 600만 원이라는 적은 예산에 140만 원이라는 작지 않은 구멍까지 뚫렸다. 원래 샀던 티켓값까지 제외하면 남은 돈은 330만 원 정도. 물가 비싼 유럽에서 330만 원으로 두 달간 여행이라니. 그야말로 출발부터 '망한' 게 아닐 수 없었다.

여행을 시작하는 도시인 런던으로 향하는 비행기 안에서 악몽을 꿨다. 남아 있는 330만 원마저 몽땅 잃어버리는 꿈부터 기내에 몰래 타고 있던 테러범이 비행기를 폭파시켜버리는 꿈까지. 그해 꿀 수 있는 악몽은 그날 몰아서 다 꿨던 것 같다. 이러려고 그 고생을 하며 여행 경비를 번 게 아닌데.

시작부터 단추를 잘못 꼈으니 그 과정도 순탄할 리 없었다. 세워놨던 여행 계획은 당연히 모두 무너졌다. 오늘 하루 몸 누일 곳을 찾는 것으로 혈안이 된, 그야말로 생존 여행이었다.

참 재미있는 게, 어찌 됐든 되긴 되더라. 나를 재워주는 곳이 있었고, 아쉽지 않게 배를 채웠다. 심지어 막바지엔 포동포동 살이 쪘다. 꼭 가고 싶었던 곳, 보고 싶었던 것도 보았다. 좋은 친구들도 사귀었고, 낭만과 여유를 느끼는 시간도 있었다. 그러니까, 여행이 되었다.

물론 돈이 없어 포기한 것도 있었다. 매일 뮤지컬을 보겠다며 호기롭게 8일을 계획했던 런던에선 결국 두 개의 공연밖에 보지 못했다. 유명하다던 파리의 맛집 대신 크림치즈만 듬뿍 바른 바게트로 만족해야 했다.

후회는 없었다. 부족한 예산에도 굳이 떠나기로 한 것은 내 선택이었으니까.

이 일련의 과정이 내가 사는 일상과 크게 다르지 않은 것 같았다. 있으면 있는 대로, 없으면 없는 대로. 주어진 것 안에서 최선을 찾으려던 나의 선택들이 모여 길을 만들어 나갔다. 그렇게 깨달았다. 여행은 삶이구나.

지난 여행 이야기를 굳이 꺼낸 이유는, 지금의 상황이 이때의 기억과 참 많이 닮아 있기 때문이다.

속수무책으로 틀어진 세상이지만 그럼에도 나는 오늘을 살아간다. 살아간 오늘로 내일을 그려간다. 어떤 내

일이 올지는 아무도 모른다. 모르기에 걷는다. 망했음에도 걸어야만 했던 나의 지난 여행처럼.

그래서 적는다. 망했다는 건 잠시 주춤하는 것, 나쁜 상황을 통해 교훈을 얻어 가는 과정일 뿐이라고. 인생이란 원래 뜻대로 되지 않지만 그것은 추락이 아닌 도약하는 과정일 거라는 거, 우리 모두 저마다의 삶을 거울삼아 알고 있는 사실일 거다.

계획대로 흘러가는 것은 없다. 오늘 아침에 보니 전날 먹으려고 냉장고에 넣어뒀던 케이크를 아버지가 다 드셨더라. 나의 오늘도 한 치 앞을 모르겠는데 여행이라고, 세상이라고 뭐가 다르겠는가. 이 거지 같은 바이러스는 그 사실을 상기시키기에 더할 나위 없는 존재이기도 하다.

개인의 힘으로 바꿀 수 없는 거대한 흐름 앞에 나는 마냥 무력하고 싶지만은 않다. 생각해 보면 성공보다 실패에서 더 큰 무언가를 배워왔다. 늘 그랬듯 나의 지난 발자취를 통해 무언가를 얻어 가고 싶다.

이것이 이 여행기를 쓰기로 마음먹은 이유다. 지난 망한 여행을 거울로 오늘을 살아갈 따뜻한 온기를 얻고 싶다. 이 여행기를 읽는 사람들에게도 그 온기가 전달되었으면 좋겠다. 바이러스로 뒤덮인 망亡한 세상, 그 세상이 간절히 바라던 망望한 세상이 될 수 있게 말이다.

이 이야기가 세상에 나올 즈음엔, 곧 여행이 가능한 세상이 와 있길 바라본다.

2021년, 어느 여름날

윤수훈

망하는 데도
준비가
필요하다

첫
아르바이트

"처음 뵙겠습니다."

돈을 벌기 위해 처음으로 찾은 장소는 평소에도 자주 찾았던 대형 마트였다. 지하 2층 식품 코너에 위치한 정육 코너에선 돈가스, 소시지, 떡갈비 따위를 만들어 팔고 있었다. 나는 그곳에 아르바이트 지원서를 넣었다.

하루 열 시간 이상 일해야 했지만 그만큼 목표한 여행 예산을 가장 빨리 모을 수 있는 조건이었다. 돈가스든 소시지든 어떤 업무인지는 크게 중요하지 않았다. 목적은 오로지 돈. 돈뿐이었다.

첫 면접, 그 장소는 매장 한가운데였다. 면접이라 하니 사무적인 그림을 상상했는데, 나의 면접은 순식간에 스탠딩으로 진행되었다.

지하 2층 식품 코너로 내려가 구석에 위치한 정육 코너를 찾았다. 매장에는 앞치마를 두른 40대쯤으로 보이는 여성 한 분이 서 있었다.

그녀는 본인을 '팀장'이라 소개했다. 장사를 하던 도중에 찾아온 나의 방문이 그리 달갑진 않아 보였다.

첫인상 또한 범상치 않았다. 숱이 많은 짙은 눈썹과 진한 쌍꺼풀, 유난히 큰 눈은 툭 튀어나온 눈썹과 광대 때문에 더 부각되었다. 각진 턱과 허스키한 목소리는 흡사 멕시코의 화가 프리다 칼로를 떠올리게 했다.

"나이가 어떻게 된다고 했죠?"

"스물셋입니다."

"일은 해봤고요?"

"아뇨, 처음입니다."

"언제부터 할 수 있다고 했죠?"

"당장 내일부터도 가능합니다."

프리다 칼로 팀장님은 진한 눈썹을 한번 들썩이고는

잠시 뜸을 들이더니 얘기했다.

"오늘 중으로 연락 줄게요."

다시 고개를 돌린 팀장님은 걸걸한 목소리로 장사를 이어갔다.

아아, 떨어졌구나. 직감적으로 예상했다.

꾸벅 인사를 드리고 에스컬레이터를 타고 올라와 출입문 밖을 나섰다. 아무리 알바라지만 5분 만에 끝나버린 면접에는 희망을 걸기 어렵다는 것이 나의 결론이었다.

바깥에는 굵은 꽃소금 같은 하얀 눈이 펑펑 쏟아져 내리고 있었다. 주머니에 양손을 꽂아 넣은 채 하얗게 번지는 입김을 바라보며 집으로 걸어가기 시작했다.

아쉽지만 차선책으로 봐뒀던 집 앞의 빵집으로 가야 하나, 최후의 보루였던 새벽 택배 승하차 알바를 해야 하나, 머릿속으로 다른 선택지들을 떠올렸다.

잡다한 생각과 함께 어깨 위로 하얀 눈이 가늘게 쌓일 즈음, 집으로 올라가는 엘리베이터 앞에 도착했다. 버튼을 누름과 동시에 주머니 깊숙한 곳에서 '위잉' 하는 소리가 들려왔다. 낯선 번호로 메시지 한 통이 와 있었다.

'내일부터 나와주세요.'

프리다 칼로 팀장님이었다.

Shun.

프리다 칼로 팀장님과 페페 형님

근무 첫날, 나의 유일한 동료이자 사수가 되어줄 형님 한 분을 소개받았다. 슬픈 개구리 페페—인터넷에 돌아다니는 밈*meme*. 커다랗고 그렁그렁한 눈망울이 인상적인 개구리—를 닮은 그는 마치 군대에서 첫 후임을 받은 선임처럼 설레는 눈치였다.

매장에 도착하자 페페 형님은 옷부터 갈아입으라며 유니폼을 건네주었다. 와이셔츠는 꼬깃꼬깃했고 까만 앞치마 이곳저곳엔 정체를 알 수 없는 이물질이 묻어 있었다. 아마 바로 전에 일을 그만둔 사람이 입었던 옷이겠거니 싶었다. 다행히 조리모는 새것이었다.

탈의실로 들어와 꼬깃꼬깃한 파란색 줄무늬 와이셔츠를 입고 이물질이 묻은 앞치마를 물티슈로 박박 닦아 허리춤에 매어주었다. 마지막으로 빳빳하게 각이 선 조리모까지 쓰고 나니 거울 속 내 모습이 제법 그럴듯해 보였다. 주위에 사람이 있는지 살펴본 후 가벼운 포즈를 취해보았다. 나름 귀여운걸? 내친김에 셀카도 찍었다. 페이스북에 업로드도 했다.

평소에 그렇게 자주 드나들던 마트의 정육 코너에서 일하게 되다니. 왠지 연극의 새로운 역할을 맡게 된 것 같아 설레는 마음이 앞섰다.

유니폼으로 갈아입고 매장에 내려갔다. 한창 장사 중인 프리다 칼로 팀장님과 페페 형님의 모습이 보였다.

내가 매장에서 할 일은 크게 두 가지였다. 제조와 판매.

오픈과 동시에 돈가스 15~20kg, 떡갈비 100~200개를 만든다. 모두 하루에 팔 물량이다. 수제 소시지도 판매하지만 완제품이기 때문에 만들 필요는 없다(실제로 그 소시지가 수제인지 아닌지 알 길도 없다).

오전에는 이런 식으로 상품을 만들고, 오후에 이 상

품들을 판매하는 시스템. 매장 직원은 프리다 칼로 팀장님, 페페 형님, 그리고 나, 이렇게 셋뿐이라 모든 업무를 사이좋게 나눠서 한다고 했다.

대충 이 정도의 설명을 듣고 나서 나는 바로 실전에 투입되었다. 마침 시식 매대 앞에서 열심히 호객을 하던 팀장님에게 바통을 이어받았다.

페페 형님이 먼저 시범을 보였다.

"자, 자, 수제 돈가스예요! 오늘 매장에서 직접 만든 신선하고 맛있는 수제 돈가스 팝니다! 아이들도 좋아하고 어른들도 좋아하는 수제 돈가스, 드시고 가세요!"

페페 형님의 멘트 때문이었는지는 모르겠지만 두세 명의 손님이 다가와 돈가스를 시식하기 시작했다. 마침 비어가는 시식용 트레이가 눈에 띄었다. 눈치껏 방금 튀긴 돈가스를 먹기 좋게 잘라 트레이 위에 올려야겠다고 생각하는 찰나, 페페 형님이 내 옆구리를 쿡 찌르며 속삭였다.

"너무 크게 자르지 마."

나는 돈가스를 새 모이만 하게 잘라서 내었다. 그러자

페페 형님이 또 옆구리를 쿡 찌르며 속삭였다.

"아니, 이건 너무 작잖아. 적당히, 적당히."

시식용 돈가스로 적당한 크기란 어느 정도인 걸까. 그 사이 손님들은 이쑤시개 하나에 새 모이만 한 돈가스를 네다섯 개씩 꼽아 입안에 넣었다. 고민이 무색했다. 돈가스에 관심 있는 척 포장된 돈가스에 시선을 살짝 흘리는 것 또한 눈에 들어왔다. 오호라. 나도 시식할 때 많이 쓰던 수법인데. 이 손님 보통이 아닌걸. 이를 놓칠 새라 페페 형님은 판매 멘트를 쏟아내기 시작했다.

"매장에서 직접 만든 돈가스예요. 국내산 등심이고, 여기 고기 두께 좀 보세요. 이런 돈가스 밖에서 사 드시려면 하나에 만 원, 만 오천 원 하잖아요? 여기서 여덟 장에 만 오천 원으로 가져가세요."

단 한순간도 오디오가 비지 않는 노련함이었다. 페페 형님의 멘트가 통했는지 손님 중 한 분이 매대에 놓여 있는 돈가스 한 팩을 들어 올렸다. 이때다 싶어 나도 한마디 거들었다.

"저 오늘 처음 일하는 날인데요, 아까 이거 먹고 기절했어요. 너무 맛있어서."

내 입에서 그런 뻔뻔한 멘트가 나올 거라고는 나조차 예상하지 못했다. 손님은 빵 터졌고, 손에 들고 있던 돈가스 팩을 내게 건넸다.

"하나 주세요."

세상에, 내가 팔았다. 치솟는 흥분을 감추지 못하고 우측의 비닐봉지를 힘껏 뜯어 돈가스 한 팩을 담아 손님에게 건넸다. 서비스로 크게 잘라 놓은 시식용 돈가스를 건네는 것도 잊지 않았다. 그건 마치 본능이 이끈 천재 마에스트로 같은 움직임이었다.

"장사 잘하시네. 많이 파세요."

짧은 순간이었지만 직감할 수 있었다. 내가 장사에 재능이 있다는 사실을.

첫 번째 손님이 자리를 뜨자 뒤에서 지켜보고 있던 프리다 칼로 팀장님이 조용히 다가와 흥미로운 듯 눈썹을 들썩였다.

"제법 하네?"

약간 자존심이 상한 것 같은 페페 형님은 더 커진 눈망울로 한마디를 얹었다.

"처음치곤 잘했어."

아무래도 나의 등장에 위협을 느낀 것은 아닐까. 형님도 분발하세요, 같은 멘트로 맞받아치는 것은 아마추어의 대응 방법. 천재적인 장사꾼은 앞으로 겪게 될 시기와 실투의 무게를 세련되게 받아줘야 한다.

"거기 고객님! 돈가스 좀 드셔보세요. 어른들도 좋아하고 아이들도 너무 좋아해요. 아드님이 좋아하시겠다고요? 아니, 아드님이 계셨어요? 세상에. 근데 어쩜 이렇게 고우세요!! 누난 줄 알았네!!!"

어디서 그런 능구렁이 같은 멘트를 떠올렸는지 모르겠다만, 방언 터진 사람처럼 말도 안 되는 멘트를 줄줄이 쏟아냈다. 지난 몇 년간 연기 수업을 받으며 배운 뻔뻔함이 빛을 보는구나. 이런 식으로 사용하게 될지는 상상도 못했지만.

그리고 동시에 느껴졌다. 내 등 뒤에서 길을 잃고 불안하게 흔들리는 무언가를. 그것이 페페 형님의 눈동자였다고는 난 말 못 해요.

Shun.

워커 홀릭

일을 시작한 지 세 달째, 어느덧 모든 업무가 완전히 몸에 익었다.

첫날 예상했던 대로 나는 장사에 천부적인 재능이 있었다. 심지어 '이달의 우수사원'으로 뽑히기까지 했다. 원래 6개월만 하고 유럽으로 도망가려고 했는데 나의 입지가 너무 커지는 건 아닌지 걱정 아닌 걱정이 되었다.

나는 실세가 되었다(직원이 세 명뿐이었지만). 실세가 가진 권력이라고 해봤자 팀장님의 예쁨을 더 받는 것 정도였지만, 팀장님 아래 직원은 페페 형님과 나뿐이라서 아주 큰 메리트가 아닐 수 없었다.

팀장님은 유독 나의 스케줄 변동이나 애로사항을 매우 긍정적이고 또 적극적으로 해결해주셨다. 유통기한이 임박한 소시지나 그날 다 팔지 못한 돈가스, 떡갈비 등을 집에 가서 먹으라고 챙겨주시고 밖에서 따로 점심을 사주시기도 했다. 가끔은 대놓고 편애하시어 어느새 늘 구박받는 신세가 되어버린 폐페 형님이 조금 안쓰럽게 느껴졌다.

물론 팀장님의 기대에 맞춰 나도 정말 열심히 일했다.

새벽 5시 반에 일어나 7시 출근, 도착하자마자 냉동실의 물건을 정리하고 그날 판매할 돈가스와 떡갈비를 만든다. 장사는 보통 물건을 다 만들고 난 뒤 정오부터 시작된다.

그때부터는 시간이 정말 느리게 흘러간다. 찾아오는 손님이 한 명도 없기 때문이다. 시식 매대 앞에 목석처럼 서서 밀려오는 졸음을 참아야 하는 시간은 고문에 가깝다. 차라리 쉴 새 없이 움직여야 하는 오픈 준비 시간이 좋았을 정도다.

고기에 달걀물을 묻혀 촉촉하게 적신다. 눈처럼 수북하게 쌓인 빵가루 언덕 속에 고기를 던져 그 위에 다시 빵가루를 덮는다. 몸의 무게를 실어 꾹꾹 누른 뒤 톡톡 털어내면 아기 염소 엉덩이 같은 뽀송뽀송한 돈가스 한 덩이가 완성된다. 완성된 돈가스는 줄을 맞춰 차곡차곡 쌓아 랩을 씌워 포장한다. 포장까지 마치고 나면 비로소 우리 매장의 시그니처 메뉴, '수제 돈가스' 한 팩이 완성된다.

목표한 돈을 다 모을 수 있을까? 전공과 관련도 없는 이 일을 하고 있는 게 과연 옳은 걸까? 남들은 다 군대 가는 시기에 입대를 미뤄도 되는 걸까? 비록 6개월이란 짧은 시간이지만 늘 불안과 초조함에 흔들렸다.

깨끗한 도마 위에 재료들을 꺼내놓고, 달걀물을 입히고 빵가루를 덮는 등의 단순한 리듬은 마음에 평화를 가져오기에 충분했다. 아무래도 돈가스로 명상을 했던 것 같다.

그즈음 나는 정신 나간 사람처럼 일만 했다. 비행기표

를 구입해 여행 날짜가 정해진 터라 정말 목표한 금액을 벌지 않으면 안 되는 상황이 되었기 때문이다.

돈을 모으려면 버는 것만큼 쓰지 않는 것도 중요했다. 밥을 굶었다. 가능한 한 모든 약속도 차단했다. 점점 혼자 있는 시간, 멍 때리는 순간이 많아졌고, 공허한 마음은 이상한 방식으로 표출되었다. 이를테면 시식용 돈가스를 냉동실에 들어가서 몰래 먹는다든지, 저녁을 굶어 아낀 돈으로 코인노래방에 가서 노래를 실컷 부르고 온다든지.

장사 멘트를 하는 것 외에는 아무 말도 하지 않는 날이 많았다. 정육 코너에서 일하는 동료들이라고는 나보다 나이가 훨씬 많은 아주머니, 아저씨뿐이었다. 그나마 비슷한 또래의 페페 형님은 대화가 잘 통하지 않는 상대였다. 말수가 줄어드는 건 자연스러운 일이었다.

통장에는 목표했던 돈이 점점 쌓였지만 어쩐지 나는 점점 비워지고 있었다.

어느 날인가, 빨간불이 켜진 횡단보도 앞에서 그런 생각을 했다.

'차에 치여도 별로 안 아프지 않을까?'

하루 종일 지하에서 일을 하다가 잠깐 햇빛을 보러 나왔던 날은 헛구역질을 하기도 했다.

결정적으로, 아주 질 나쁜 손버릇도 생겼다. 판매하는 돈가스를 훔치기 시작한 것이다.

떨어지는 것엔
가속도가 붙는다

습관은 참 무섭다. 나도 모르는 새에 점령당한 무의식이 내 행동을 제어하기 때문이다. 좋은 습관은 몇 날 며칠이 지나도 몸에 익지를 않는데, 나쁜 습관은 물속의 잉크처럼 무서운 속도로 퍼져 나간다.

시작은 프리다 칼로 팀장님의 호의였다.

수제 돈가스와 떡갈비는 매일 신선한 상태를 유지하여 판매해야 한다. 때문에 최소 이틀이 지나면 상품을 폐기 처분하는 것이 원칙이다.

보통은 하루에 다 팔 수 있을 만큼만 찍어내려 하지만 항상 '완판'을 하는 건 쉽지 않다. 당연히 폐기 상품도 나올 수밖에 없는데, 어쩔 수 없이 발생한 폐기 상품은 팀장님의 재량으로 집에 가져갈 수 있었다(상품성만 떨어질 뿐 먹는 데는 아무런 문제가 없다).

나를 예뻐했던 팀장님은 폐기 상품 또한 자주 챙겨주셨다. 그때부터 잘못된 생각을 하기 시작한 것 같다.

'폐기하는 상품은 들키지만 않으면 집에 가져가도 되겠구나.'

그로부터 몇 주간 폐기 상품을 몰래 가져가기 시작했다. 퇴근할 때 앞치마 아래 감추고 매장 밖으로 나오면 아무도 몰랐다.

처음에는 손에 땀이 날 정도로 긴장했던 이 나쁜 습관도 두 번, 세 번을 반복하다 보니 자연스러워졌다. 두 장이었던 돈가스는 세 장, 네 장으로 늘어났고, 퇴근 도장을 찍을 때마다 어색하게 굳어 있던 내 표정도 어느 순간부터 능청스럽기 짝이 없었다. 보안 직원에게 눈인사를 건넬 정도였으니 말이다.

그때 그만두었어야 했다. 시간이 지날수록 두꺼워진 내 낯짝처럼 앞치마 아래 숨긴 돈가스는 점점 불어났고 결국 덜미를 잡히고야 말았다.

여느 때와 다름없이 일을 마치고 퇴근하던 어느 날, 누군가가 내 손목을 붙잡았다. 출입을 관리하는 보안 직원이었다.

"앞치마 아래 그거 뭐예요?"

"아, 아무것도 아니에요."

불룩한 앞치마를 부여잡고 버티기도 잠시, 모양 빠지게도 비닐봉지 속 돈가스와 떡갈비들이 바닥 위에 후드득 떨어졌다. 내 심장도 바닥 위로 툭 떨어지는 듯했다.

떨어진 돈가스들을 주섬주섬 주워 담으며 개미만 한 목소리로 속삭였다.

"아, 이, 이거… 폐기 처분할 거라 나가면서 버릴 거예요."

"폐기 처분한다고요? 흠. 잠시만요. 점장님한테 연락해서 물어볼게요. 폐기 상품 맞는지."

점장님에게 연락이 닿아선 안 됐다. 그분에게 연락이 닿으면 프리다 칼로 팀장님에게도 연락이 닿을 게 뻔했기 때문이다. 팀장님이 불이익을 받을지도 모른다는 생각에 덜컥 겁이 났다. 하지만 범죄의 현장에서 현행범으로 붙잡힌 내가 할 수 있는 일은 아무것도 없었다.

이윽고 사무실에 점장님이 찾아왔다. 마감을 하다 올라오셨는지 앞치마와 고무장갑 차림 그대로였다.

넓은 사무용 책상 위엔 축 늘어진 돈가스와 떡갈비가 담긴 비닐봉지 한 덩이가, 그 앞엔 고개를 들지 못하는 내가 서 있었다. 점장님은 비닐봉지와 나를 번갈아 보더니 보안 직원에게 잠시 자리를 비워달라고 부탁했다.

"이게 어떻게 된 일이야?"

"…죄송합니다."

점장님은 나를 부드럽게 타일렀지만 도저히 입이 떨어지지 않았다. 훔친 것도, 걸린 것도 모두 사실이었으니까.

일주일 전, 매장 우수사원으로 선정되었다며 표창장을 건넨 이가 바로 점장님이었다. 그리고 일주일 뒤, 나는 절도범으로 점장님 앞에 다시 서 있었다. 얼굴이 뜨거워 들 수가 없었다.

점장님은 한숨을 길게 내쉬더니 휴대폰을 꺼내 어디론가 전화를 걸었다.

"예, 김 팀장님. 통화 가능하세요?"

프리다 칼로 팀장님이었다.

"윤 직원이 퇴근하면서 돈가스를 가지고 나가는 게 걸렸는데, 이거 폐기 상품이에요?"

몇 마디의 대화가 오갔고, 점장님은 휴대폰을 나에게 건넸다.

"받아봐."

점장님에게 건네받은 휴대폰 액정 위로 프리다 칼로 팀장님의 이름이 스쳤다. 손이 바들바들 떨렸다. 심장은 당장이라도 튀어나올 듯 요동쳤다. 열심히 쌓아놓은 신뢰도 다 한순간이구나.

팀장님이 내게 어떤 배신감을 느꼈을지 짐작해보며 죄스러운 마음으로 수화기에 귀를 갖다 대었다.

"…여보세요?"

"점장님한테는 내가 잘 말해놨어. 집에 들어가서 푹 쉬어. 마음 쓰지 말고."

그렇게 통화는 종료되었다.

집으로 돌아가는 길, 하염없이 눈물이 쏟아졌다.

하루 열 시간, 햇빛조차 들지 않는 일상의 반복 속에서 내 감정에 소홀했던 순간들이 스쳐 지나갔다. 공허함은 그런 순간에 태동한다. 무슨 생각을 하는지, 무엇을 하고 싶은지 따위는 중요치 않아져버린 스스로를 끌고 가는 삶 속에서. 결국 나는 스스로를 타이르지 못했다. 남의 물건에 손을 대는 순간까지도. 나를 향한 혐오와 부끄러움, 죄책감과 서러움 같은 감정들이 터져 얼굴을 한가득 적셨다.

Shun.

차라리
사랑하기로 했다

돈가스 절도 사건으로부터 몇 주 뒤, 아무 일도 없었다는 듯 예전과 같은 일상이 돌아왔다. 새벽같이 출근해 돈가스 명상, 이어지는 열정적인 판매와 마감 정리, 피곤에 찌든 퇴근까지. 감정이 요동칠 땐 세상이 멈춘 것만 같았는데, 인생이란 생각보다 더 촘촘한 짜임새로 짜여 있나 보다. 머무르지 않고 계속해서 흘러가는 걸 보면.

사건 이전의 일상이 1막이었다면 2막, 그러니까 사건 이후의 일상은 확실히 무언가 달라져 있었다.

나는 더 이상 스스로를 죽어 있는 사람처럼 여기지 않았다. 밥을 굶기 일쑤였던, 빨간불 앞의 횡단보도에서 차에 치이는 상상을 했던 이전의 나와는 완전히 작별했다.

이 일을 오로지 돈을 벌어다 주는 도구로만 생각했던 것은 아니었나 싶다. 돈을 벌기 위해서 시작한 일은 맞지만 어찌 됐든 이 일도 나의 일부였다. 부정할 수 없는 사실이었다.

그런 순간이 있다. 원하지 않는 환경 속에 놓여야만 하는, 일과 나 사이의 괴리감이 못 견디게 괴로운 순간들. 답을 찾기 위해 방황하며 돌아본다 한들 결국 귀결되는 종착지는 나의 선택이다. 내가 이 일을 선택하지 않았다면 지금과 같은 상황에 놓이는 일은 없었을 테니. 그러니 할 수 있는 거라곤 허벅지를 꼬집으며 자책하는 일뿐일지도 모른다.

물론 언제나 유효한 선택지가 있다. 쥐고 있는 모든 것을 놓아버리는 것이다. 우리는 그런 것을 두고 포기라고 한다.

그러나 나는 포기할 수 없었다. 유럽에 가야 하니까. 그게 내 목표니까.

유럽에 가려면 돈이 필요하고, 돈을 벌기 위해선 일을

해야 한다. 그러니 해야만 한다. 꾸역꾸역 삼키는 기분이 들어도, 해야만 한다.

그래서 사랑하기로 했다.

만약 지금이 운명을 믿는 그리스 로마 시대였다면 나는 진작 사랑하는 쪽을 택했을 거다. 어차피 이렇게 사는 게 정해진 운명이라면 어떻게든 그 속에서 반짝반짝 빛나는 무언가를 찾아내려 했을 테니까. 거지 같음 속에서도 옅게 빛나는 작은 조각은 있지 않겠는가.

문득 생각했다. 사랑하자. 그러나 눈앞에는 여전히 돈가스용 돼지고기가 무더기로 쌓여 있었다. 오늘 만들어 팔아야 할 할당량이었다. 다시 생각했다. '차라리' 사랑하자. 차라리면 어때. 포기 아닌 선택지가 있음을 다행으로 여겨야지.

•····•

출근 마지막 날이 되었다.

여느 때와 다름없이 옷을 갈아입고, 돈가스와 떡갈비를 만들고, 물건을 팔았다. 마지막이라고 하면 조금 특별하지 않을까 싶었지만 평소와 다름없는 하루였다. 어느덧 퇴근 시간이 가까워졌고, 팀장님이 다가왔다.

"얼른 가봐."

"네? 벌써요?"

"마지막 날이잖아. 오래 있어서 뭐 하니. 집에 가서 맛있는 거 먹어."

마지막 날의 특별함은 팀장님이 장식해주고 싶으셨던 모양이다.

"감사했습니다."

예정보다 훨씬 이른 퇴근, 한창 바쁠 시간에 빠져나오는 게 미안했지만 기쁜 마음은 감출 수 없었다.

서둘러 탈의실로 올라갔다. 출퇴근 때마다 복장을 체크했던 반신 거울 앞, 그 속의 내 모습이 어쩐지 낯설었다. 꼬깃꼬깃한 파란색 줄무늬 와이셔츠와 얼룩덜룩한 앞치마, 빳빳하게 풀이 잘 먹은 조리모까지…. 이곳에 처음 왔던 때가 떠올랐다. 곧 그때의 나 같은 친구가 이 옷을 입게 되겠지. 그러다 갑자기 무언가 떠올라 가방 안에 유니폼을 챙겼다. 내 일을 이어서 할 친구는 출근 첫날부터 앞치마에 물티슈질은 안 했으면 싶어서.

옷을 갈아입고 매장 밖으로 나오니 간만의 밝은 하늘과 마주했다. 해가 다 뜨기도 전에 출근해서 완전히 어두워지고 나서야 퇴근하는 게 일상이었던 지난 6개월. 목표했던 돈도 모았고, 비행기표도, 여행 준비도 다 끝나 있었다.

그 순간 주머니에 있던 휴대폰에서 진동이 울렸다. 엄마에게서 온 전화였다.

"어디니?"

"일찍 끝나서 지금 집에 가려고."

"오늘 마지막 날이라고 해서 과일 바구니 사놨는데."

"과일 바구니?"

"응. 너 일하는 층 코인로커에 넣어두고 왔어. 전해드리고 인사하고 와!"

서둘러 코인로커를 확인하러 내려갔다. 로커 안에는

커다란 과일 바구니가 들어 있었다.

과일 바구니를 챙겨 다시 매장을 찾았다. 프리다 칼로 팀장님과 페페 형님은 장사하느라 정신이 없어 보였다. 잠시 동안 서서 그 모습을 바라봤다. 사복을 입고 바깥에서 바라보는 매장 풍경은 생각보다 더 낯설었다. 10분 전만 해도 나도 저 안의 직원이었는데, 참 순식간이구나 싶었다.

이윽고 매장은 한산해졌고 그제야 가까이 다가갈 수 있었다.

"어, 아직 안 갔어?"

"이거 저희 어머니가 챙겨주셔서요. 그동안 감사했습니다."

과일 바구니를 받은 팀장님은 뭐 이런 걸 준비했냐며 핀잔을 주면서도 나를 꼭 껴안아주셨다. 갑작스러운 포옹에 잠깐 당황했지만 마음의 온기가 그대로 전해져왔다.

"여행 가서도 항상 건강하고, 귀국하면 꼭 연락해."

유난히도 강렬했던 팀장님의 까맣고 커다란 두 눈에 눈물이 그렁그렁 맺혀 있었다. 팀장님의 그런 모습은 처음이었다.

"꼭 연락드릴게요. 그동안 정말, 정말 감사했습니다."

그 자리에 조금만 더 있다가는 나 또한 눈물이 터질 것 같아 머쓱하게 인사를 드리고 서둘러 매장을 빠져나왔다.

어느새 어두워진 하늘 아래 자동차의 헤드라이트와 간판의 화려한 네온사인이 거리를 가득 메웠다. 집으로 돌아오는 내내 울렁이며 춤을 추는 빛줄기들과 함께했다. 마지막 퇴근길이었다. 2013년의 어느 날, 그렇게 6개월간의 일이 막을 내렸다.

02

출발부터
망한
여행

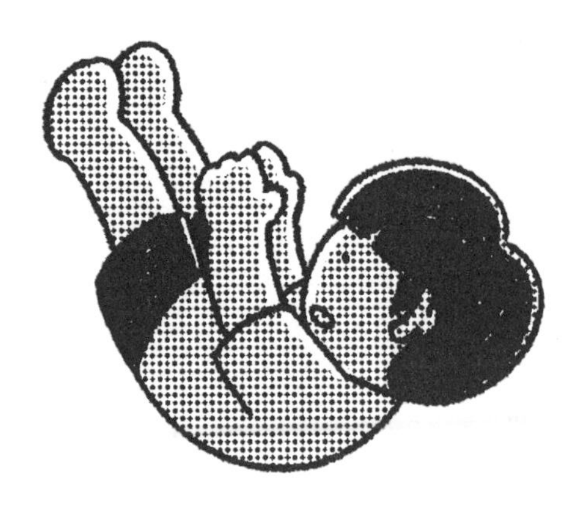

불길한 예감은
틀리는 법이 없다

왜 불길한 예감은 한 번도 틀리지 않을까.

출국 일주일 전부터 크고 작은 악재들이 마구잡이로 쏟아졌다.

그 시작은 암스테르담에서 스트라스부르로 가는 고속 열차를 잘못 예약한 것이다.

여행에 앞서 두 달간의 교통편을 전부 예약하기로 마음먹었다. '유레일패스'처럼 일정 변경이 가능한 티켓을 구입해도 되지만 모든 교통편을 따로 예약하는 편이 훨씬 저렴했다.

10만 원이 넘는 스트라스부르행 열차 티켓은 시간이

지나면 더 비싸질 것 같아 서둘러 결제했다. 거기까지는 노 프라블럼. 그다음부터가 문제였다. 티켓 수령 방법을 '우편'으로 선택하고 주소지에다 세상에 존재하지 않는 이상한 주소를 적어버렸다. 당연히 온라인으로도 발권이 가능할 거라고 생각했던 것이다.

결제를 마친 뒤 뭔가 싸한 느낌이 들었다. 상세 페이지를 클릭했다. 아니나 다를까 깨알 같은 글씨로 '온라인 티켓은 따로 발권하지 않는다'라는 내용이 적혀 있었다. 곧바로 해당 사이트에 문의했지만 우편으로 선택했기 때문에 무조건 우편으로 전달된다는 답변을 받았다. 심지어 실물 티켓이 있어야만 탑승이 가능하다는데, 그 실물 티켓은 이미 발송되었다고 했다. 아무 생각 없이 적어놨던, 우주에도 존재하지 않는 주소로 말이다.

여행을 시작하기도 전에 10만 원을 쓰레기통에 버렸다. 10만 원이면 돈가스를 대체 몇 장이나 팔아야 하는 거야, 같은 생각과 함께 미친 듯이 속이 쓰려왔다.

며칠 뒤엔 지갑을 통째로 잃어버렸다.

일을 그만두고 그동안 만나지 못했던 지인들과 한창

술자리를 갖던 어느 날, 귀가하는 택시 안에 지갑을 놓고 내렸다. 현금은 얼마 없어 다행이었지만 문제는 여행에 필요한 신분증과 카드들이었다. 일을 하면서도 부지런히 발급받아놨는데 통째로 잃어버린 거다. 그것도 출국 일주일 전에.

부지런함도 덜렁대는 멍청함 앞에선 아무런 쓸모가 없다는 걸 깨달았다. 덕분에 일을 그만두고도 쉬지 못하고 출국 하루 전까지 새로운 카드들을 열심히 발급받고 다녔다.

나는 생각했다. 이건 액땜이야. 큰일을 하려면 이 정도는 감수해야지. 그런 생각을 했던 나를 다시 만난다면 엉덩이를 마구 때려줄 것이다.

지랄 마. 이건 경고야. 기차표를 잘못 예매하고 지갑을 잃어버렸을 때 진작 눈치챘어야 했다.

경고였다. 더 끔찍한 악재를 앞둔 멍청한 나를 두고 항상 의심하고 또 의심하라는 경고 말이다. 경고를 인지하지 못한 나처럼 멍청한 사람은 결국 파국을 맞이하고야 만다. 완벽하게 계획해놓은 여행을 아예 떠나지도 못하는 상황과 같은. 그래서 뭐, 출발하는 비행기라도 놓쳤다는 거야? 네, 정확하십니다. 불길한 예감은 결코 틀리는 법이 없네요. 여행 당일, 나는 출발하는 비행기를 놓쳤다.

•·•·•

새벽 4시 반, 가족들이 잠든 사이 조용히 집 밖을 빠져나오기 위해 깨금발을 하고 거실로 나왔다. 조용히 나가려고 했지만 인기척에 눈을 뜬 엄마가 잘 다녀오라며 나를 꼭 안아주었다. 아빠는 난생처음 떠나는 나의 장거리 여행이 걱정됐는지, 출근을 뒤로한 채 나와 함께 공항으로 향했다.

무거운 캐리어와 함께 공항철도에 몸을 싣고 세 시간쯤 달렸을까. 겨우 눈을 뜨니 어느덧 인천공항에 도착해 있었다.

전날 밤, 한 시간도 못 잤다. 이렇게 멀리 떠나는 건 처음이라 생각보다 더 무서웠다.

덕분에 인천공항은 그 규모보다 훨씬 더 거대하게 다가왔다. 마치 광활한 우주 같았다. 긴장과 피곤이 혼란하게 섞여 별거 아닌 현실을 훨씬 부풀려버렸다. 우주 같은 광활함의 한가운데 서 있자니 스스로가 미세한 먼지에 불과한 것처럼 느껴졌다.

서둘러 체크인을 마쳤음에도 출발까진 두 시간 가까이 남아 있었다. 뜻밖의 여유가 생긴 아빠와 나는 이곳저곳 돌아다니며 공항 구경을 했다.

기념사진을 찍어주겠다던 아빠는 딱딱한 시멘트 바닥 위로 내 카메라를 떨구기도 했다. 카메라는 무사했지만 플래시 부분이 찌그러져 망가졌다. 잠깐 속이 쓰렸지만 이 또한 액땜이라 생각하기로 했다. 런던에 도착하는 순간 이 모든 것을 보상받을 수 있을 거란 자기합리화를 하면서 말이다.

출근을 해야 하는 아빠는 집으로 돌아갔다. 넓은 공항엔 정말 나 혼자만 남게 되었다.

출국심사를 마친 뒤 터미널 안의 끝없이 펼쳐진 면세

점 구경에 혼을 뺐다. 어느새 출발 시간이 가까워졌고 슬슬 서둘러야겠다 싶었다. 그 와중에 유럽에 거주하는 친구에게 선물할 담배 두 보루를 구입했다. 바쁜 와중에도 친구를 챙기려는 스스로의 섬세한 센스를 칭찬하며 게이트로 향했다.

그런데 이상했다. 아무리 걸어도 내 티켓에 적힌 게이트 번호가 나오지 않는 게 아닌가.

알고 보니 내가 탑승해야 하는 곳은 탑승동이었고 내가 있는 곳은 1터미널이었다. 터미널은 당연히 하나인 줄 알았는데, 1터미널에서 탑승동으로 넘어가야 했던 것이다.

10분 남았는데. 괜찮을까? 그래, 까짓것 뛰어가면 금방이겠지.

그런데 탑승동은 열차를 타고 이동해야 한단다. 아니, 왜 같은 터미널끼리 무슨 열차씩이나 타고 이동해야 한담. 아냐, 괜찮아. 여행 전부터 충분히 액땜했잖아. 얼른 가서 탑승하면 되지. 약간의 불안함이 스멀스멀 올라왔지만 스스로를 타일렀다. 그럼에도 본능적으로 느껴지는 무언가는 무시할 수 없었다.

'망한 것 같은데.'

심장이 조금씩 빠르게 뛰기 시작했다. 머리카락 사이를 비집고 땀 한 줄기가 주르륵 삐져나왔다. 탑승동으로 가는 열차는 왜 이리 안 오는지 불안함에 발만 동동 굴렀다. 결국 근처에 있던 직원을 붙잡고 티켓을 보여주며 물었다.

"저 이 비행기 탈 수 있을까요?"

티켓을 잠시 살펴본 직원은 바로 오는 열차를 타고 서두르면 탈 수 있을 거라고 했다. 신뢰할 만한 사람(이라고 믿고 싶었다)의 긍정적인 대답에 안도의 한숨이 새어 나왔다.

드디어 열차가 도착했고 재빨리 몸을 실었다. 나머지 승객들이 전부 탑승하고 문이 닫혔다. 그 1분 남짓한 순간이 얼마나 느리게 흘렀는지 모른다.

억겁의 시간이 지나고서야 드디어 열차가 출발했다. 후, 숨 좀 돌리자. 한 정거장뿐이니 금방 도착해서 비행기를 탈 수 있을 거야. 그럼에도 내 심장은 이미 정답을 알고 있는 녀석처럼 점점 더 빠른 속도로 내달렸다.

그 순간, 주머니 깊숙한 곳에서 낯선 진동이 느껴졌다. 꺼내든 휴대폰 액정 위로 떠오르는 처음 보는 번호. 차라리 보이스 피싱이어라, 차라리 대출 상담이어라, 차라리 잘못 걸려온 전화여라. 그냥 받기엔 너무 불길하고 또 불길한, 세상에서 가장 받고 싶지 않은 전화 한 통이 나의 손에 쥐어졌다. 하필 이 순간 떠오르고 마는 기분 나쁜 한 문장.

'불길한 예감은 틀리는 법이 없다.'

불길함이 칼날처럼 피부 위를 스쳐 지나갔다. 땀이 뚝뚝 떨어지는 흥건해진 오른손을 바지 위에 쓱쓱 닦아내고 조심스레 통화 버튼을 눌렀다. 그리고 아주 천천히, 세상에서 가장 느린 속도로 휴대폰을 귀에 갖다 대었다.

"윤수훈 씨! 지금 어디 계세요?!"

나를 찾는 낯선, 그리고 너무나도 다급한 목소리. 제발, 제에발, 최악의 예감만은 비껴가길 바라며 바들바들 떨리는 목소리로 대답했다.

"저… 저 지금 탑승동 거의 다 왔어요…!"

그러나 수화기 건너에선 건조한 목소리만 들려올 뿐이었다.

"오늘 비행기 못 타십니다."

그럼 그렇지. 불길한 예감은 절대 틀리는 법이 없다.

Terminal1
Shun.

설마 했던 여행

달렸다. 심장이 입 밖으로 튀어나올 만큼 그냥 달렸다.

사람이 벼랑 끝에 몰리면 할 수 있는 일이라곤 그냥 달리는 것뿐이다. 지푸라기라도 잡는 심정으로 하나님, 부처님, 시바신님, 알라신님, 세상의 모든 신들을 불러 모아 기도하며 미친 듯이 달리는 일 말고는 할 수 있는 게 없다.

정신없이 달려서 그토록 찾고 찾던 출발 게이트 앞에 도착했다. 누가 봐도 수속이 끝난 모양새였다. 믿을 수 없다는 표정으로 유리창 밖으로 얼굴을 돌리니 이륙 중인 비행기 한 대가 눈에 들어왔다. 저거구나, 내가 탔어야 하는 비행기.

눈앞에서 떠나가는 비행기를 보고 나서야 모든 걸 인정할 수밖에 없었다. 잠시나마 〈트루먼 쇼〉의 주인공이길 바랐는데. 누군가가 깜짝카메라라며 '까꿍' 하고 나타나길 바랐는데.

"저 진짜 오늘 비행기 못 타요?"

거친 숨을 몰아쉬며 게이트 앞 직원에게 물었다. 그렇단다. 보시다시피 방금 막 떠났단다.

"출국을 못 하셨으니까 다시 입국하셔야 돼요. 그건 면세품이죠? 면세품도 환불받으셔야 하고요."

'장난이 너무 심하셔요!'라고 팔뚝을 꼬집으며 투정이라도 부리면 '힝, 속았죠?'라며 없던 일로 해줄까 싶기도 했지만, 직원은 절대 거짓일 리 없는 표정이었다. 비에 흠뻑 젖은, 추위에 떨고 있는 불쌍한 새끼 강아지를 바라보는 듯한 표정. 땀에 젖은 내 꼴이 정말 빗물을 뒤집어쓴 개처럼 보였을지도 모르겠다.

직원은 측은한 표정을 유지하는 한편, 사무적인 태도로 나를 출구 쪽으로 안내했다.

"이쪽으로 따라오세요."

그 와중에 직원의 그런 이성적인 태도에 섭섭함을 느끼는 나 자신이 한심했다.

'기댈 곳이 없으니 낯선 사람의 친절이라도 갈구하게 되는구나.'

직원을 따라 올해 가장 간절한 소원을 빌며 달렸던 그 길을 다시 밟으며 탑승동 밖으로 향했다. 직원이 시키는 대로 면세점에서 구입한 담배 두 보루를 환불했고, 직원들만 드나들 것 같은 길을 통해 다시 입국심사를 받았다.

나는 다시 터미널 밖으로 나오게 되었다.

언제, 어디서 받았는지 기억도 안 나는데, 체크인하며 부쳤던 커다란 캐리어 또한 내 품에 돌아와 있었다. 캐리어까지 받고 나자 다시 처음으로 돌아온 것 같았다. 게임이라면 다시 목숨이라도 차 있을 텐데. 달라진 거라고는 너덜너덜해진 멘탈뿐이었다.

현실 감각을 되찾는 데는 그리 오랜 시간이 걸리지 않았다. 아마 누구라도 옆에 있었다면 엉엉 울며 정신 줄을

봤을 것이다.

나는 혼자였다. 나의 결단이 없으면 한 발자국도 움직일 수 없는 상황이니 위로보다는 현실적인 선택이 더 급급했다.

가장 처음 든 생각은 일단 티켓을 구입한 여행사에 연락을 해야겠다는 거였다.

"저 오늘 출발하는 비행기를 방금 놓쳤는데요. 어떻게 방법이 없을까요?"

전화를 받은 직원은 "잠시만요"로 뜸을 들이더니 두 가지 선택지를 내놓았다.

첫 번째, 출발 날짜를 변경한다. 단 변경 수수료를 물어야 하며 당장 이달 안에는 가능한 비행편이 없을 수도 있다.

두 번째, 놓친 비행편을 취소하고 새 티켓을 예약한다. 마침 세 시간 뒤 출발하는 네덜란드항공 비행편이 있으며 가격은 140만 원이다.

잠깐, 이거 어디서 많이 들어본 수법인데? 상대적으로 더 별로인 조건 A를 서두에 깔고 시작한다—이거 내가 돈가스 팔 때 써먹던 수법이잖아? 막상 당하는 입장이 되고 나니 속수무책이다. 이미 여행의 상당 부분 예약을 마친 상황이라 오늘 당장 출발하지 않으면 또 다른 돈과 시간을 쓰레기통에 버리는 거다. 그렇다고 140만 원짜리 티켓을 새로 사기엔 부담이 너무 크다. 더군다나 내가 놓친 비행기는 학생 특가라 환불도 안 된단다. 이러나저러나 일정한 돈이 휴지조각이 되어버리는 것은 불가피해 보였다. 고민 끝에 전화를 끊고 생각해 보겠다 하니 방점을 찍는 직원의 멘트가 날아왔다.

"네덜란드항공 티켓은 딱 한 장 남았으니 빨리 결정하셔야 돼요."

내 돈가스 판매 전략과 소름 끼치게 똑 닮은 그 멘트를 끝으로 전화를 끊었다.

이쯤 되니 여행을 가지 않는다는 선택지가 수면 위로 떠오를 수밖에 없었다. 이런 생각을 하게 될 거라곤 전혀 예상하지 못했다.

오늘이 오기 전까지 '설마' 했던 일들이 현실이 되는 것을 연속으로 목격했던 나였다. '설마' 했던 돈가스 절도

현장이 발각되었고, '설마' 했던 스트라스부르행 티켓은 휴지조각이 됐으며, '설마' 했던 잃어버린 지갑은 영영 돌아오지 않았다. 설마 여행을 못 가는 것 또한 충분히 현실이 될 만한 일이라는 생각이 들었다. 생각이 거기에 닿자 숨이 턱 막혔다. 여행을 가지 못한다니.

돈가스와 떡갈비를 팔아댔던 지난 6개월이 떠올랐다. 내 힘으로 유럽 여행을 가보겠다고 아등바등했던 날들. 유니폼을 입은 거울 속 내 낯선 모습부터 과일 바구니와 팀장님의 따뜻한 포옹으로 기억되는 마지막 근무까지. 지난 시간의 파편들이 필름처럼 머릿속을 빠르게 훑고 지나갔다.

"그렇게만 열심히 살면 뭘 해도 성공하겠다."

일을 나가던 어느 새벽, 엄마가 내게 해준 말이었다. 진짜였다. 나는 진짜로 열심히 했다. 간절했으니까.

간절함은 지나치게 잔인한 현실 앞에서 의미를 잃어버렸다. 이렇게 부족한 돈으로 아무도 모르는 곳에 홀로 던져진다면, 그건 여행이 아닌 고문에 가깝지 않을까. 아무래도 다 망했구나.

사실 이미 답은 나와 있었다. 어떻게 이 여행을 가지 않을 수 있겠는가. 오늘을 위해 쌓아온 시간과 노력만 해도 단순한 여행 그 이상의 의미인데.

이상하게 설레었다. 불안했지만 기대되기도 했다. 한 치 앞도 모르는 이 상황이 재밌었다. 드디어 미친 건가. 처음이란 두려움과 설렘의 끝없는 교집합. 유럽도 처음이지만 비행기를 놓친 상황도 처음. 이 '처음'으로부터 느껴지는 묘한 설렘에 흥분하고 있는 나였다. 변태 같긴 해도 불행 중 유일하게 다행인 일이었다.

도달한 결론은 하나. 더 길게 생각할 것도 없다. 이 여행은 가야만 했다. 티끌만 하게나마 존재하는 설렘의 멱살을 잡고서라도.

무거운 몸을 일으켜 가장 가까운 ATM으로 향했다. ATM 화면 위로 여행사에서 받은 문자에 적힌 계좌번호를 꾹꾹 눌렀다. 23년 인생에 가장 큰 숫자의 계좌 이체, 140만 원, 전송 완료.

'설마' 했던 여행이 시작되었다.

미친 듯이
외로운 게
잘못

믿기지 않았다. 공항에서 당일 티켓을 사다니.

ATM에 140만 원을 입금하고 나니 E-티켓 발권 안내 문자가 날아왔다. 출발까지 남은 시간은 세 시간. 충분히 여유 있었지만, 앞서 겪은 엄청난 쇼크와 또다시 비행기를 놓칠 수도 있다는 두려움 때문에 서둘러 수속을 끝내기로 했다.

어느덧 정오를 넘어 공항은 뜨거운 햇살이 가득 들어찼다. 공항에 막 도착했던 새벽과 달리 활기가 넘치기 시작했지만 그런 기분을 느낄 리 없는 나였다.

종이 인형처럼 너덜너덜해진 몸뚱이를 이끌고 새로운

게이트를 찾아갔다. 불과 몇 시간 전에 담배를 구입했던 그 면세점 앞을 지나쳤다.

'담배를 사면 이틀은 굶어야겠지.'

친구 선물도 살 수 없는 현실에 또 한 번 좌절했다.

공항에서 할 수 있는 게 아무것도 없음(모든 것이 돈이라는 사실)을 깨달은 나는 게이트 앞 의자에 앉았다. 탑승까지 남은 두 시간. 그래, 새 비행기 놓치지나 않게 얌전히 앉아서 기다리자.

그 와중에도 혹시 게이트를 잘못 찾아온 것은 아닐까 싶어 티켓과 게이트 번호를 끊임없이 번갈아 보며 확인을 거듭했다. 내가 떠나는 게 당최 여행인지 극기 훈련인지. 나 자신이 어쩐지 안쓰러웠다. 누가 시킨 것도 아닌데. 여기까지 온 건 모두 내 선택으로 이루어진 결과인데. 탓할 사람이 없어서 더 짜증 났다.

가방에 넣어놨던 노란 노트를 꺼냈다. 설렘 가득한 마음으로 첫 페이지를 적어 내릴 줄 알았던 이번 여행의 일기장이었다.

펜을 꺼내 들어 무언가를 미친 듯이 써 내려갔다. 마

치 죽음을 종전에 앞둔 모차르트처럼. 약간의 침착함을 얻을 수 있을까 싶었는데 왜 레퀴엠을 쓰는 기분인 걸까.

불안한 생각은 비행기를 타서도 멈추지 않았다.

3-4-3 배열의 좁디좁은 이코노미석, 그중에서도 장시간 비행 중 여간 불편한 자리가 아닐 수 없는 맨 끝 창가 좌석으로 배정받았다. 창밖으로 보이는 새하얀 구름과 파란 하늘이 그나마 마음을 조금은 달래주었다.

사실 가장 필요한 건 사람이었다. 언어가 통한다면 누구라도 붙잡고 대화를 나누고 싶었다. 새벽에 도착한 공항에서 비행기를 놓치고 새 티켓을 구입해 여기 앉아 있기까지, 반나절 만에 일어난 일이라고 하기엔 지나치게 스펙터클한 이 이야기를 누군가에게 털어놓아야만 했다.

마침 바로 옆자리엔 한국인 중년 부부가 타고 있었다. 반가운 마음에 인사를 하고는 조심스레 내 얘기를 꺼내보았다.

"사실 저, 아까 비행기 놓쳤어요."

이 말을 시작으로 내게 어떤 폭풍 같은 일들이 지나갔는지 줄줄이 소시지처럼 풀어놓을 준비가 되어 있었다.

인사를 받아준 부부의 인상 또한 세상 인자했다. 그래, 이 부부라면 내 이야기에 공감해줄 거야. 어쩌면 뜻밖의 소중한 인연이 될 수 있을지도 모르지. 지금까지 그렇게나 액땜을 했잖아! 이제 보상받을 때도 됐어. 그러나 아주머니의 짧은 대답으로 이 대화는 종료되었다.

"아, 네."

아, 네…?

아니, 어떻게 이런 반응을…. 저기, 아주머니. 비행기를 놓쳤다고요! 버스나 기차도 아니고 비행기를, 무려 비행기를 놓쳤다고요! 최소한 '어머' 정도의 감탄사는 해주셔야죠! '아, 네'라니… '아, 네'라니…!

용기 내어 입을 뗐지만 돌아온 건 "아, 네"라는 두 글자뿐이었다.

갑자기 비행기를 막 놓쳤던 그 순간에 나를 엄청 불쌍하게 쳐다봐준 게이트 앞 직원이 그리웠다. 비록 빠르고 정확하게 나를 바깥으로 내보내는 프로 정신을 발휘했지만(그래서 잠깐 섭섭한 마음이 들기도 했지만), 공감해준다는 것만으로 적지 않은 위로가 되었었다.

그러나 감히 누구를 탓하겠는가. 혼자 여행을 떠나기로 결정한 건 나인데. 그러니 "아, 네"라는 두 글자가 많이 섭섭한들 그건 그들의 잘못이 아니다. 혼자 여행을 떠나기로 한 게, 굳이 새 비행기를 탄 게, 미친 듯이 외로운 내 잘못이다.

거짓말이다. 갑자기 인상 좋던 부부에게 엄청난 배신감을 느꼈다. 그들이 수면 안대를 끼고 잠에 곯아떨어진 사이 코에 대고 방귀라도 뀌고 싶었다. 아니면 잠깐 화장실에 간 사이 좌석에 코딱지라도 묻혀놓고 싶었다.

만난 지 한 시간도 안 된 사람들에게 왜 20년 가까이 알고 지낸 이웃집 아저씨, 아주머니 같은 친근함을 느낀 것일까. 그러고는 왜 그들에게 따뜻한 말 한마디를 기대했을까.

나는 마치 짝사랑에 실패한 사람처럼 창밖만 바라보았다. 오랜만에 떠나는 둘만의 여행에 어떠한 방해도 받고 싶지 않았을 거라고 그들의 속사정을 이해해보려고도 했다. 그러나 밑도 끝도 없이 고독해지는 일만은 막을 수가 없었다.

Shun.

경유지인 암스테르담으로 가는 열세 시간 동안 나도, 옆자리의 부부도 서로에게 아무 말도 하지 않았다.

밀폐용기에 들어가 있는 기분이었다. 언제 넣어뒀는지 기억도 안 나는 냉장고 깊숙한 곳에 처박힌 밀폐용기 말이다. 나는 있는지 없는지 신경도 쓰이지 않는 오래된 반찬이다. 차게 식은 내 몸 여기저기에서 곰팡이가 피어나기 시작했다.

간혹 다가온 승무원의 사무적인 미소와 친절함에 기대며 터질 것 같은 서러움을 간신히 붙잡았다. 뭐라도 뱉어내지 않으면 그냥 죽어버릴 것 같았다.

결국 다시 노란 일기장을 꺼냈다.

입에 발린
달콤한 위로라도
괜찮아

암스테르담에 도착하기 전까지 일기장을 세 번 펼쳤다. 악몽에서 깼을 때, 불현듯 떠오른 불안한 미래에 숨이 턱 막혔을 때, 비행기를 놓쳤던 과거의 나를 죽이고 싶었을 때.

여행은 보통 설렘과 행복을 상징하지 않나. 아무리 생각해도 나의 여행은 일반적인 의미의 여행과는 거리가 먼 것 같았다.

'만약 비행기가 추락한다면? 테러범이 항공기를 납치한다면? 돈이 없어서 노숙해야 한다면?'

나의 여행은 일어나지도 않은 비약적인 암담한 미래에 마구잡이로 난도질당했다. 좋지 않은 생각을 멈추기 위해 억지로 잠을 청했지만 끔찍한 악몽 때문에 금방 깼다. 기내 모니터에서 제공되는 영화나 게임 따위도 당연히 별 도움이 되어주질 못했다.

그래서 일기를 썼다. 무엇을 적어도 바뀌는 게 없단 걸 잘 알고 있음에도 쓸 수밖에 없었다. 그 순간 내 이야기를 들어줄 수 있는 유일한 말동무는 일기장뿐이었다.

나의 일기. 시궁창이 되어버린 현실을 부정하는 것으로 시작된다. 그리고 멍청한 실수를 저질렀던 몇 시간 전의 나를 붙잡고 거칠게 분노를 표출한다. 이 부분은 글씨체도 개발새발이다. 마지막은 결국 바뀌는 건 아무것도 없다며 하염없이 슬퍼한다. 그래도 마무리는 늘 긍정적이다.

'런던에 도착하는 순간, 이 모든 걸 전부 보상받을 수 있을 거야. 힘내자!'

묘하게 낯설지 않은 마지막 문장이다. 그러고 보니 카메라 플래시가 망가진 순간에도 이런 생각을 했었지. 이것 또한 액땜이라고. 그럼 이것도 마지막 액땜이 아닐 수 있다는 말인가? 그렇다면 이다음은 뭘까. 아아, 역시 그

건가. 항공기 테러.

결국 그렇게 되는 거구나. 그런 마지막을 맞이하기 위해 이리도 열심히 살았던 거구나. 열차표를 잘못 예매했을 때, 지갑을 잃어버렸을 때, 카메라 플래시가 망가졌을 때, 비행기를 놓쳤을 때! 미리 예상했어야 하는 건데. 비행기 폭파를 경험하고 싶지 않다면 여행 따위는 일찍이 접으라는 경고였다는 걸. 아, 이럴 때가 아니지. 일기를 쓸 게 아니라 유서를 써야겠다.

그 순간 누군가 말 한마디라도 건네줬다면 무언가 달라졌을까.

확신하건대 달라졌을 것이다. 적어도 너덜너덜해진 기분에 반창고 정도는 붙여졌을 거다.

빈말이라도, 낯선 사람에게라도 "괜찮아요, 다 잘될 거예요"라는 말 한마디를 들었더라면. 살면서 그 한마디가 그리 고팠던 순간도 없었던 것 같다.

괜히 일면식도 없는 사람들에게 친절을 구걸하고 실패하고 혼자 상처받았다. 결국엔 일기장까지 꺼내 나에게서라도 위로 한 방울만 적선해주십사 했다.

때로는 확신이 없더라도, 이성적인 판단이 서지 않더라도 밑도 끝도 없는 달콤한 응원이 필요한 순간이 있다. 괜히 현실적인 조언이랍시고 그렇지 않아도 암담한 미래에 재 뿌리지 말고 차라리 입에 발린 달콤한 응원을 해줬으면 좋겠다. 미래가 보이지 않는 정말 절박한 사람에겐 속이 텅 빈 응원이더라도 큰 위로가 될 수 있으니. 그렇다고 옆자리 부부가 미웠다는 건 아니다. 아니, 사실 조금 미웠다. 아주 쪼끔.

•·•·•

어느새 경유지인 암스테르담 스히폴공항에 도착했다. 이제부터는 정말 정신을 바짝 차려야 했다. 눈에 힘을 주고 다음 탑승 게이트로 향했다.

공항은 생각보다 굉장히 작았고 조명도 어두웠다. 어둡고 누런 조명 때문에 지나다니는 사람들이 전부 노란색으로 보였다.

세수를 하기 위해 화장실을 찾아 기름진 얼굴 위로 찬

물을 끼얹었다. 누런 조명 아래 거울에 비친 내 모습은 가뜩이나 노랗게 질린 얼굴이 더 누렇게 물들어 있었다. 그러고 보니 잠을 제대로 못 잔 지 24시간째였다. 몸에서 악취가 풍기는 것 같았다.

비틀거리며 게이트 앞 의자를 찾아가 앉았다. 다음 비행기를 탑승하기까지 남은 시간 약 세 시간. 혹시나 또 잘못 온 건 아닌지, 비행기 시간은 맞는지 수십 차례 확인하며 몰려오는 잠과의 사투를 벌였다.

짧지 않은 기다림 끝에 비행기가 도착했다. 무거운 몸을 일으켜 기내에 탑승했다. 무사히 마지막 비행기에 탑승했다는 안도감 때문이었을까. 나는 그대로 완전히 곯아떨어졌다. 집을 나선 지 서른 시간 가까이 지나서야 청하는 제대로 된 잠이었다.

몇 시간이나 지났을까. 분주한 주변의 인기척에 놀라 창밖을 보니 마침내 도착해 있었다. 원래대로라면 진작 도착해야 했던 여행의 첫 도시, 런던에.

03

망한
여행을
떠나요

너무나도
노골적인
현실

런던에서의 첫날. 창틈을 비집고 들어온 햇살과 기분 좋은 새소리에 잠에서 깼다. 비몽사몽 와중에도 커튼 사이로 살짝 보이는 낯선 풍경 덕에 이곳이 어디인지를 깨달았다.

'아, 나 어제 런던에 왔구나.'

방문을 열고 거실로 나가니 부엌 쪽에서 달그락거리는 소리가 들렸다. 곧이어 머리가 반쯤 벗겨진 남자가 거실 쪽으로 고개를 내밀며 인사를 건네왔다.

"굿모닝!"

아, 나 어제 이 낯선 외국인 집에서 잤지.

지난밤, 서른 시간의 사투 끝에 드디어 도착한 히스로 공항에는 영국인 아저씨가 나를 마중 나와 있었다. 그의 이름은 다니엘. 나의 첫 카우치 서핑 호스트였다.

카우치 서핑*couch surfing*은 여행자를 위한 숙박 셰어 플랫폼이다. 비영리 목적으로 운영되는 것이 가장 큰 특징이라 돈을 주지도, 받지도 않는다. '돈도 안 받고 왜 낯선 외국인을 제 집에서 재우는 거야?'라는 의심이 들 만도 한데, 경험해본 결과 그 이유는 매우 다양했다. 외국인 친구를 사귀고 싶어서, 낯선 문화를 경험하고 싶어서, 간접적으로나마 여행 기분을 느끼고 싶어서.

어찌 됐든 물가 비싼 유럽에서 카우치 서핑은 숙박비를 아낄 수 있는 최선의 선택이었다. 동시에 현지인의 문화를 가장 가까이에서 볼 수 있는 흔치 않은 기회이기도 했다. 이것이 내가 카우치 서핑을 선택한 이유다.

거짓말이다. 사실 카우치 서핑도 새로 산 비행기표처럼 홧김에 지른 것이나 다름없었다. 돈이 없으니 눈에 뵈는 게 없었다. 심지어 한평생 외국인과 마주해본 경험도 없었다. 영어는 '윤선생님'이 알려준 게 전부였다.

그래서 어색하고 서툴렀다. 공항에서 다니엘 아저씨를 만나 그의 집에 가는 동안에도 무슨 말을 해야 할지 몰라서 의미 없는 웃음만 흘렸다.

집에 도착한 늦은 밤, 아저씨는 나를 손님방으로 안내했다. 4박 5일 동안 내가 지낼 방이었다.

방 한쪽 벽면엔 그의 집에 머물렀던 손님들 사진이 한가득 붙어 있었다. 대부분이 내 또래 남자애들뿐이었다. 침대 위 선반에는 대한민국 국기가 빳빳하게 프린트되어 있었다. 한국에서 온 나를 위해 준비한 그의 센스 덕에 조금은 긴장이 풀렸다.

따뜻한 물로 샤워를 하고 나와 한국에 있는 가족들에게 잘 도착했다고 안부를 전했다. 그러고는 그대로 침대 위에 픽 쓰러졌다.

죽은 듯이 몇 시간이나 잤을까. 깨어나니 나를 맞이한 것은 런던의 낯선 아침이었다.

다니엘 아저씨는 친절한 미소와 함께 아침 식사를 차려주었다. 정장을 차려입은 것을 보니 누가 봐도 곧 출근

할 모양새였다. 낯선 런던의 일상을 가까이에서 보는 것 같아 왠지 설레었다.

런던에서의 첫 끼니는 바싹 구운 베이컨, 해시 브라운 감자, 서니 사이드 업과 베이크드 빈. 전형적인 영국인의 아침 식사 메뉴인 듯했다. 해동이 다 되지 않은 해시 브라운의 뜨겁고 찬 기운이 입안에서 질서 없이 뒤섞였지만 그럼에도 좋았다. 런던이니까.

다니엘 아저씨와 함께 차에 올라탔다. 그가 출근하는 길에 지하철역까지 데려다주겠다고 했다. 사실 더 자고 싶었는데, 남의 집이니 무리한 부탁이지는 않을까 싶어 말을 아꼈다. 덕분에 반강제적으로 아침 일찍 지하철역 앞에 덩그러니 놓이는 처지가 되었다.

달리 할 일이 없어 역 근처의 커피숍에 들어가 가장 저렴한 에스프레소 한 잔을 주문했다. 낯선 지폐와 동전들을 손바닥에 올려놓고 주섬주섬 건네던 중 그런 내가 답답했는지 직원이 알아서 동전 몇 개를 가져갔다.

힘들게 계산을 마치고 지하철역이 보이는 창가 자리

에 앉았다. 쓰디쓴 에스프레소를 목구멍에 털어 넣으며 잠시 멍을 때리다 문득 무언가가 떠올라 가방에서 노란 일기장을 꺼냈다.

일기장엔 비행기를 놓쳤던 순간부터 지옥과도 같았던 비행의 흔적들이 고스란히 남아 있었다. 카페인 효과가 작동했는지 마비되었던 현실 감각이 빠르게 돌아왔다. 일기장 한쪽 구석에 놓친 비행기표가 빳빳하게 잘 붙어 있었다. 그냥 기억 저편으로 밀어둬도 좋았을 텐데, 무슨 생각으로 이렇게 반듯하게 기록씩이나 해뒀을꼬.

갑자기 눈앞의 작은 에스프레소 한 잔이 엄청난 사치처럼 느껴졌다. 그러고 보니 전부 돈이다. 이 작은 커피 한 잔도, 카페를 벗어나 다른 곳에 가는 것도 다 돈이었다.

런던에 도착했지만 내가 마주하고 있는 건 너무나도 노골적인 현실이었다. 이 당연한 사실이 오늘따라 왜 이리도 잔인할까. 가지고 있는 돈으로 두 달 동안 버틸 수 있을까. 우선 당장 할 수 있는 거라곤 러시아워가 지난 뒤 반값으로 저렴해지는 지하철 티켓을 기다리는 일밖에 없었다.

러시아워가 끝나는 시각에 맞춰 개찰구에서 티켓을 구입했다. 우리 돈으로 만 원에 상당했다. 무슨 지하철 티켓이 이렇게나 더럽게 비싼가 싶었지만, 하루 종일 망설이다간 이 동네의 망부석이 되어버릴지도 몰랐다.

막상 지하철을 타긴 탔는데 어디를 가야 하나 싶었다. 런던에 온 이유는 오로지 뮤지컬을 보기 위해서였다. 나름 뮤지컬 전공생인데, 런던까지 와서 웨스트엔드에서 이 작품을 봤다는 얘기 정도는 할 수 있어야 하지 않나. 일부러 일정 또한 8박 9일로 잡았다. 하루에 하나씩 총 여덟 개의 뮤지컬을 보겠다는 마음으로. 그것이 내가 런던에 온 유일한 목적이었다.

그러나 뮤지컬은 무슨, 밥도 못 챙겨 먹을 팔자다. 내가 날려버린 비행깃값이면 뮤지컬을 여덟 작품이나 보고도 남았다.

일단 나는 베이커 스트리트*Baker Street*라는 역에서 내렸다. 이유는 달리 없다. '빵집 거리'인 줄 알고. 귀엽잖아.

답을 모르겠을 땐 귀여운 게 답이다. 선택에 어려움을 겪고 있다면 그중 가장 귀여운 것을 선택하라. 결과가 나쁘더라도 위안을 삼을 만한 귀여움은 남아 있을 테니 괜찮을 것이다.

때문에 별다른 계획이 없던 나의 첫 여행 코스는 '빵집 거리'에서 시작되었다.

런던의 신사는 레슬링을 한다

부서졌던 나의 멘탈은 차츰 회복되었다. 물론 한 이틀 정도는 날려먹은 돈을 생각하며 쓰린 속을 달랬지만 인간은 적응의 동물이라 했던가. 현실을 받아들이고 나니 빠르게 독자적인 여행 방법을 찾아갔다.

웬만하면 대중교통 대신 도보로 다녔다. 10km는 당연히 걸어갈 거리, 가끔은 20km 가까이도 걸었던 것 같다. 여행객들이 많이 찾는 관광지 대신에 무료 공원과 무료 갤러리를 이용했다. 다행히도 영국 대부분의 갤러리는 무료다. 배가 고프면 샌드위치, 오렌지 주스, 감자칩으로 구성된 테스코(영국의 대형 마트)의 3파운드짜리 샌드위치 세트를 먹었다. 외식은 아예 염두에도 없었다. 외식도 못하는 낭만 없는 여행이 무슨 여행이냐 한다면 타워 브리지가 잘 보이는 템스강 근처의 벤치를 몰라서 하는 소리다. 석양이 지고 있을 때 지는 태양을 바라보며 샌드위치를 한 입 베어 문다. 귀에 꽂은 이어폰에선 이름 모를 아티스트의 피아노 선율이 흘러나와줘야 한다.

다니엘 아저씨 또한 내 멘탈을 케어하는 데 많은 도움이 됐다. 공항에 나를 마중 나온 것이 그 시작이었다. 아침과 저녁을 챙겨주는 것은 물론, 무슨 일이 생기면 연락하라며 여분의 휴대폰까지 빌려줬다. 주말엔 휴일을 반납하고 본인 차로 런던 근교를 여행시켜주기도 했다. 받기만 하는 것이 미안할 정도로 황송한 호의였다.

가끔은 그런 호의가 조금 불편하기도 했다. 도대체 부탁하지도 않은 내 속옷은 왜 빨아놓는 걸까. 뜻하지 않은 선물을 챙겨줄 때도 적잖이 부담스러웠다.

단순한 호의 그 이상이라고 느낄 때마다 '역시 영국은 신사의 나라인가 봐'라고 되뇌었다. 그의 친절을 오해하지 말자고 스스로를 타일렀다. 그럼에도 도무지 이해되지 않는 한 가지가 있었다.

"Wrestling?(레슬링 할까?)"

레슬링. 그에겐 레슬링이라는 독특한 취미가 있었던 것이다.

레슬링은 짐을 풀었던 첫날부터 그가 내게 제안했던 게임(?)이다. 사실 그의 프로필에도 적혀 있었다. 본인의 집에 초대된 손님은 자신과 레슬링을 해야 한다고. 하루의 긴장을 푸는 데 레슬링만큼 좋은 운동도 없다는 그럴듯한 설명도 덧붙였기에 나도 처음에는 아무런 의심 없이 제안에 응했다.

그는 첫날부터 예고도 없이 달려들어 나를 바닥에 눕혔다. 그러고는 이런저런 이상한 기술(?)을 쓰며 레슬링을 이어나갔다. 레슬링에 전혀 취미가 없는 나 같은 사람도 알 수 있었다. 이건 레슬링이 아니라 그냥 단순한 몸의 부대낌이란 것을. 문제는 그 부대낌이 내겐 전혀 재미있지도, 유익하지도 않았다는 것이다. 사실 약간 불쾌한 기분도 들었지만 집주인의 말을 거역(?)했다가 집 밖으로 쫓겨날지도 모른다는 걱정을 한 것도 사실이다.

Shun.

레슬링만 빼면 참 완벽한 호스트였지만 그는 이튿날 밤에도, 그다음 날 밤에도 나를 거실에 앉혀놓고 레슬링을 하자고 졸라댔다. 그렇지 않아도 하루 종일 걸어 다녀 녹초가 되었는데 레슬링을 하자고 졸라대니 정말이지 곤욕이 따로 없었다.

그쯤 되니 레슬링이 영국의 보편적인 문화 같은 것인가 싶어 몰래 검색해보기도 했다. 그러나 영국과 레슬링이 어떤 관계인지는 그 어디에도 나와 있지 않았다. 그저 존중해줘야 하는 집주인의 평범하지 않은 취미 정도로 생각하는 게 맘이 편하겠다 싶었다.

•·•·•

다니엘 아저씨네서 묵는 마지막 날이었다. 아저씨가 소개해준 피터 할아버지와 함께 셋이서 런던의 근교 여행을 다녀오기로 했다.

아침부터 내리던 부슬비는 오후가 되자 세차게 쏟아지기 시작했다. 덕분에 하루 종일 우비를 쓴 채 바람과 비를 맞으며 걸어 다녔다. 거기에 맥주 한 잔까지 걸치고 우리 모두 천근만근이 된 몸으로 집에 돌아왔다.

피터 할아버지는 90세에 가까운 '진짜' 할아버지였다. 같은 이야기도 세 번쯤은 해야 알아들을 정도로 노쇠한 몸이었으니 그 피곤함이 나의 몇 십 배는 되었을 것이다. 할아버지는 집으로 돌아오자마자 소파 위로 쓰러지듯 누워버렸고, 다니엘 아저씨는 그런 할아버지를 내가 쓰던 손님방에서 재워야겠다며 양해를 구했다. 나는 당연히 그렇게 하라고 했다.

마지막 날 나의 잠자리가 다니엘 아저씨 침대 옆 방바닥이 된 데는 그런 이유가 있었다.

아무리 그래도 조금 불안했다. 같은 방이라니. 침대 옆이라고 해도 왜 하필, 마지막 날, 같은 방에서, 늦은 밤, 단둘이…? 그리고 늘 그렇듯 불길한 예감은 틀리는 법이 없지 않은가.

그래서 그날따라 더 오래 씻었다. 내친김에 세면대에 밀린 빨래를 쏟아 넣고 손빨래까지 했다. 방에 늦게 들어가면 아저씨가 잠들어 있지 않을까 싶어서.

한 시간 정도 지났을까. 퉁퉁 불어 쭈글쭈글해진 손

으로 샤워실 문을 열고 나와 깨금발로 들어갔다. 진작 잠들었을 아저씨가 있는 불 꺼진 방 안으로.

순간 정말 기절할 뻔했다. 아저씨가 침대 끄트머리에 앉아 나를 기다리고 있는 게 아닌가.

아저씨는 피곤한 얼굴을 투박한 손으로 쓸어내리며 "씻는 데 왜 이렇게 오래 걸렸냐"라고 물었다. 레슬링 하자고 할까 봐요—라는 속마음 대신 "손빨래까지 하고 나왔다"라고 대답했다. 아저씨는 자신한테 미리 얘기하지 그랬냐며 손가락으로 이불을 깔아놓은 방바닥을 가리켰다.

"늦었으니까 얼른 자."

후우, 그래. 그냥 마지막 날이니 잘 자라는 인사나 하려고 기다렸나 보구나. 내가 또 런던 신사의 호의를 오해할 뻔했구나. 이불 속에 몸을 집어넣고 눈을 감았다.

"잘 자요, 다니엘!"

이제 내일부터는 그토록 곤란했던 레슬링에서 벗어날 수 있을 거라 안심하며 긴장을 풀고 잠들 준비를 했다. 그런데 순간, 내 귀를 의심하는 단어가 들렸다.

"Wrestling?"

미친. 이 밤중에 무슨, 그것도 자려고 다 준비한 상태에, 바닥에 이불까지 다 깔아놓고선, 게다가 속옷 차림이면서 무슨 레슬링? 미치셨어요? 머릿속에 당혹스러운 감정들이 갓 튀긴 팝콘처럼 튀어 올랐다.

"저 너무 피곤해요."

힘들게 거절 의사를 끄집어냈다. 그러나 마지막 날이라는 사실이 아저씨의 용기에 기름을 부은 걸까. 마지막 날인데, 마지막이니까, 언제 또 만날지 모르니, 마지막으로 딱 '10분만' 레슬링을 하자며 끈질기게 매달렸다.

결국 시작되었다. 한밤중의 레슬링.

아저씨는 침대에서 폴짝 뛰어 내려와 내 위에 올라탔다. 곧바로 내 몸을 뒤집으려 덮쳐오는 그의 양팔을 반사적으로 붙잡고 버티기 시작했다. 힘을 실어 팔을 힘껏 밀어내자 아저씨는 한쪽 눈을 치켜뜬 '제법인걸?'이란 표정으로 다시 다가왔다. 속으로 온갖 육두문자가 쏟아졌지만 이를 악물고 억지로 웃으며 그와 몸싸움을 지속했다.

'그래, 10분이랬잖아. 적당히 맞춰주다가 내일 아침에 일어나자마자 도망가자.'

길고 긴 몸싸움 끝에, 마침내 그는 내 위에 올라타 나의 두 팔을 꽉 잡았다. 그의 아래 깔려 팔까지 붙잡힌 나는 옴짝달싹 못하는 꼴이 되었다. 질끈 감고 있던 실눈 사이로 그의 얼굴을 살폈다. 그 순간 직감적으로 깨달았다. 그의 눈빛이 평소와 다르다는 걸.

그는 내 배 위에서 엉덩이를 높이 들었다 깔아뭉개는 행동을 반복적으로 해댔다. 일전의 레슬링, 그러니까 이 집에서 경험한 지금까지의 레슬링과는 차원이 다른 불쾌함이었다.

'이 인간, 아무래도 오늘 작정한 모양이구나.'

자신감이 붙었는지 이제는 내 귀에 대고 뜨거운 입김도 불기 시작했다. 불쾌한 바람이 귓구멍을 타고 온몸을 쑤셨다. 그러더니 귓바퀴와 귓불도 만진다. 환장하겠다.

멜로눈깔을 한 그는 '런던은 어땠냐', '다음 여행지는 어디로 정했냐', '다음에 또 런던에 올 계획이 있냐' 등의 의미 없는 질문들을 퍼부어댔다. 허공을 떠도는 질문들도 고갈됐는지 마침내 그는 진짜로 하고 싶었던 말을 입 밖으로 내뱉고야 말았다.

"나랑 잘래?"

아저씨를 밀어내고 밖으로 도망가? 그랬다가 갑자기 내 뒤통수에 대고 총을 쏘면 어떡하지? 영국은 총기 소지가 안 되지 않나? 근데 도망간다 해도 이 밤중에 어디로 가지? 나 지금 도대체 뭘 어떻게 해야 하는 거야?

수만 가지 생각이 머릿속을 스쳐 지나갔다. 그 와중에 내가 오해할 만한 행동을 했던 건 아닐까, 런던의 신사가 이렇게 계획적으로 나를 강간할 리는 없지 않나 합리적인 사고를 시도하려는 나의 답답한 머리통을 날려버리고 싶기도 했다.

"죄송해요."

결국 최대한 조심스럽게 거절 의사를 밝혔다. 그러자 그는 숨을 한번 크게 들이쉬더니 실없이 웃기 시작했다.

"하하하, 농담이야! 농담!"

농담이라고 말하는 그의 얼굴은 귀 끝까지 붉어져 있었다. 당황한 얼굴이 되어선 아까처럼 속이 텅 빈 질문들을 해대다 본인 침대로 올라가 잠들었다. 10분은 무슨. 열 시간처럼 느껴진 시간이었다.

드디어 방 안에 적막이 찾아왔다. 코 고는 소리가 들려왔고, 나는 생쥐처럼 잔뜩 웅크린 채 날밤을 지새웠다. 낯선 땅에서 유일하게 믿었던 사람인데. 온몸이 떨려왔다. 엄청난 배신감이었다.

암막 커튼 사이로 빛줄기가 새어 들어왔다. 내 기분이야 어떻든 해는 여전히 정해진 시간에 뜨고 있었다. 여기가 한국이면, 내 방이라면 얼마나 좋을까. 갑자기 보고 싶어졌다. 문득 떠오르는 아빠, 엄마, 누나의 얼굴.

동물을
좋아하지만
먹는 걸
좋아하진 않아

열차 안, 나는 다시 노란 일기장을 꺼냈다.

밤을 꼬박 새우고 일어나 그 집을 벗어나기까지, 흥분이 가라앉지 않은 상태로 내가 겪은 이야기들을 적어 내려갔다. 도무지 무슨 정신으로 나왔는지 모르겠다. 1분이라도 빨리 그곳을 벗어나야겠단 생각뿐이었다.

그런데 두 번째 호스트도 아저씨였다. 은퇴 후 런던의 교외에서 혼자 사는 60대 아저씨. 카우치 서핑으로 쌓인 데이터는 어젯밤 있었던 그 일이 전부인데, 혼자 사는 아저씨 집에 제 발로 찾아가는 게 맞는 일인가 싶었다.

심지어 그가 사는 동네는 런던 중심에서도 한참 떨어

진 뎃퍼드라는 곳이었다. 서울로 치면 구로구 같은 느낌이랄까. 현지인보다 외국인들이 더 많고 중국어로 된 간판도 심심치 않게 발견할 수 있는 동네였다.

집 앞에 도착해 초인종을 누르기 직전까지도 망설였다. 나를 지키기 위해선 내 경험을 토대로 위험한 상황은 사전에 방지하는 것이 현명해 보인다. 그렇지만 단 한 번 겪어본 카우치 서핑 경험만으로 모든 것을 판단하기엔 너무 비약적인 결론이 아닐까 싶기도 하다. 무엇보다 이 아저씨의 프로필에는 레슬링 같은 취미가 없다. 그것만으로 참 다행인데. 에라, 모르겠다.

띵동.

차라리 아무도 안 나왔으면 좋겠다. 막연한 공포심에 모순적인 생각이 들던 찰나, 달칵하는 소리와 함께 누군가가 문을 열어주었다. 민트색 폴로티와 흰색 반바지 차림에 곱실거리는 은발과 수염, 푸른 눈동자와 푸근한 인상을 가진 커다란 아저씨, 스미스였다.

인사 후 아저씨는 자신과 집을 차례로 소개했다.

집은 전형적인 런던의 주택으로, 계단을 타고 올라가

야 방이 나오는 구조였다. 현관인 1층을 지나 2층에는 거실과 부엌 그리고 화장실이, 3층에는 침실과 화장실이 하나 더 있었다. 화이트 톤의 깔끔한 인테리어, 깨끗하게 정돈된 가구와 식기, 창밖으로 보이는 푸르른 녹음과 바닥 위로 번진 햇볕. 이 동네와 이 집을 선택하고 공간을 꾸며놓은 스미스 아저씨의 성격을 짐작할 수 있었다.

3층의 침실은 한 달에 한 번 방문하는 아들이 쓰는 공간이라고 했다. 동시에 오늘 내가 지낼 곳이었다. 방문을 열면 눈앞에 그림 같은 창이 걸려 있다. 창밖으로 푸르른 풀밭과 나무를 감상할 수 있는 작은 공원이 보인다. 한 사람이 누우면 꽉 차는 협소한 크기지만 눕는 순간 커다란 창밖의 하늘이 완전히 내 것이 되는 공간이다. 밤이면 이 침대에 누워 별을 볼 수 있겠다는 생각에 기분이 좋아졌다. 이 집에 오기까지 수십 번 이어진 스미스 아저씨를 향한 의심에 미안한 마음이 들었다.

집 소개를 끝낸 아저씨가 식사를 차려주었다. 냉장고에서 샐러드와 요구르트, 우유, 호밀빵 같은 것을 꺼내 식탁 위에 올려놨다. 문득 떠올랐다. 그의 프로필에 적혀 있던 '베지테리언*vegetarian*'이라는 단어가.

"아저씨는 왜 채식을 하세요?"

이런 질문에 도가 튼 듯한 그는 미소를 지으며 되물었다.

"동물 좋아하니?"

"네, 좋아하죠!"

"나도 동물을 좋아해. 그렇지만 먹는 걸 좋아하진 않아. 너를 좋아하지만 먹을 순 없는 것처럼 말이야. 껄껄."

농담 섞인 답변에 나도 웃어넘겼지만 실례되는 질문을 했다는 생각에 얼굴이 빨개졌다. 생각해 보니 그렇다. 대부분의 사람들은 고기를 먹는 사람에게 '왜 육식을 하냐'고 묻지 않는다. 고기를 먹는 사람들이 먹지 않는 사람보다 훨씬 많기 때문이다. 다수의 편에 섰다고 해서 모든 게 당연한 건 아니다. 호기심도 마찬가지다. 호기심 섞인 질문도 충분히 일방적일 수 있다. "왜 그래요?"라고 묻기 전에 미리 찾아봤다면 좋았을 텐데. 어쩌면 무의식중에 내 생각이 정답이라 여겼던 것은 아닐까.

사실 나도 이런 경험이 적지 않았다. 여러 상황에서 쉽게 소수가 되는 경험을 해온 것이다. 무지를 기반으로 뱉은 가벼운 호기심에 처음에는 일일이, 친절히 대응했지만 같은 일이 반복될수록 빠르게 피곤해졌다. 나중엔 질문 자체가 무례한 태도처럼 느껴졌다. 나 또한 스미스 아저씨에게 그렇게 비쳤을까 싶어 아차 싶었다. 괜히 민망해 애꿎은 요구르트 그릇 바닥만 싹싹 긁었다.

늦은 점심 후 간단하게 짐을 꾸려 집 밖을 나섰다.

낯선 도시의 일상을 훔쳐보는 것을 좋아한다. 고등학교 때 우연한 기회로 도쿄에서 한 달간 지낸 적이 있다. 그곳에서 마주한 일상의 풍경은 관광지보다 훨씬 매력적으로 다가왔다. 지금도 가끔씩 그때의 조각들이 수면 위로 동동 떠오른다. 여행을 꿈꾸게 된 것도 어쩌면 그 조각들로부터였는지 모른다.

뎃퍼드는 런던 여행을 계획 중인 사람이라면 전혀 찾을 것 같지 않은 평범한 동네였다. 그래서 오히려 매력적이었다. 발코니에 빨래 너는 할머니와 놀이터에서 뛰어노는 아이들, 대지를 덮은 푸른 공원과 공을 쫓는 귀여운 골든 레트리버, 소다맛이 날 것 같은 청량한 하늘과 빈티지한 아이스크림 트럭. 그들에겐 일상적일 모든 것이 특별한 조각으로 가슴에 새겨졌다. 도쿄에서의 그때처럼.

일정을 마치고 집에 돌아왔다. 따뜻한 물로 샤워를 하고 아저씨가 준 위스키로 하루를 마무리했다. 반쯤 열린 창 틈 사이로 따뜻한 밤바람이 불며 하얀 커튼이 일렁였다. 위스키 한 잔에 콧노래가 절로 나왔다. 기분이 좋아져 평소 좋아하던 팝송도 한 곡 불러드렸다. 아저씨는 저스틴 비버 같다며 박수를 쳤다. 그러더니 먼지 쌓인 올드팝 CD를 꺼내 틀어놓고 블루스를 추기 시작했다. 불뚝 나온 배를 잡고 뒤뚱거리며 춤추는 모습이 마냥 사랑스러워 한참을 웃었다.

한참 놀다 보니 어느덧 자정이 가까워졌다. 무거워진 눈꺼풀을 견디기 힘들어 인사를 드리고 3층으로 올라갔다. 창밖엔 까만 하늘을 배경으로 별들이 총총 박혀 있었다. 숨을 깊게 들이쉬었다가 내뱉었다. 켜켜이 쌓여 있던 묵은 때를 벗겨 내듯이. 얼굴에 미소가 번졌다.

"마냥 망하라는 법은 없구나."

그날 밤, 세상에서 가장 깊은 잠에 빠져들었다.

여행하는
마음으로

'저 지금 집 앞인데 언제쯤 오세요?'

파리는 두 번째 도시였다. 그렇지 않아도 런던이 슬슬 지겨워졌는데 파리에 갈 수 있어 기뻤다. 지겨워지거나 싫어지면 떠나면 그만인 것이 여행이다. 이리도 단순한 형태가 가능하다니, 당장 나의 일상에도 주문하고픈 태도였다.

파리에서도 역시 카우치 서핑을 했다.

런던을 떠나기 4일 전부터 파리의 거주자들에게 급하게 신청 메시지를 보냈다. 그 결과, 딱 한 사람에게서 파리에서의 8박 9일을 모두 재워줄 수 있다는 답변을 받았다. 니콜라는 그렇게 나의 세 번째 카우치 서핑 호스트가 되었다.

니콜라가 사는 곳은 파리 중심부에서 떨어진 외곽 지역이었다.

새로운 도시에 왔다는 긴장감을 안고 그가 사는 곳을 찾았다. 덜덜거리는 소리를 내며 울퉁불퉁한 파리의 길바닥에 끌려다니는 파란색 캐리어와 함께.

이윽고 그의 집 앞에 도착했다. 제대로 왔나 싶어 한참을 서성이다가 결국 아무도 나타나지 않아 그에게 문자를 보냈다. 한 5분쯤 기다렸을까. 그에게서 답장이 도착했다.

'나 수영 갔다가 집에 가는 중! 5분 안에 도착해!'

잠시 후 젖은 머리칼을 휘날리며 누군가 현관문 앞에 나타났다. 니콜라였다. 30대라는 게 믿기지 않는 외모였지만, 푸근한 미소가 나쁘지 않은 첫인상이었다.

니콜라의 집은 연식이 오래된 아파트였다. 문을 열고

들어가니 혼자 사는 남자의 집이라는 사실을 힘주어 증명하려는 듯 각종 잡동사니와 먼지들이 바닥 위를 나뒹굴었다. 신라면, 동원참치, 양반김 등 적지 않은 한국 식품들도 눈에 띄었다. 한국 음식들이 어째서 여기 있냐고 물으니 한국 문화에 관심이 많다는 대답이 돌아왔다. 더군다나 일주일에 한 번씩 한국어 수업도 듣고 있다고. 와. 그가 나를 초대한 목적이 뚜렷해지면서 잔뜩 곤두세웠던 마음도 가라앉았다. 니콜라는 한국을 좋아해서, 내가 한국인이어서 초대해줬구나! 파리에선 레슬링을 할 일이 없겠구나!

대충 짐을 풀고 우리는 식탁 앞에 앉았다. 니콜라는 이면지를 내밀며 그 위에 내 이름을 적어달라고 부탁했다. 내 이름은 수훈. 영문으로 soo hoon으로 표기하나, 외국인들이 발음하기 힘든 이름이란 것을 알고 나서는 그냥 '슌'이라 불러달라고 했었다. 하지만 니콜라에겐 soo hoon이라고 적어 건네줬다. 아니나 다를까, '수흐', '스홍' 등 그의 입에서 재미난 단어들이 튀어나왔다. 한참을 웃다 다시 이름을 알려주었다.

"에스, 에이치, 유, 엔. 슌이라고 불러주세요."

슌, 두세 번 내 이름을 되뇌던 그는 이번엔 자기 차례라며 종이 위에 이름을 적었다.

'니코ㄹ라'

삐뚤빼뚤 서툰 한글로 적힌 그의 이름 '니코ㄹ라'. 지난달부터 시작한 한국어 수업의 첫 수확이라고 했다. 투박한 손으로 꾹꾹 눌러쓴 서툰 한글에 웃음이 터져 나왔다. 서툰 모습은 가끔 그 진심을 더 진심답게 만들어주는 것 같다. 못생긴 글자 위로 새어 나온 한국을 향한 그의 순수한 호기심에 미소가 지어졌다. '니코ㄹ라'를 '니콜라'로 바르게 고쳐주는 대신 그에게 손을 내밀어 악수를 청했다.

"잘 부탁해요. 니콜라!"

밖에 나가기 위해 간단히 짐을 꾸렸다. 유럽에 온 지 일주일이 넘어가니 외출용 짐을 챙기는 데도 익숙해졌다. 어깨엔 작은 배낭을, 허리춤엔 국방색 히프색을 맸다. 배낭 안에는 크기가 크고 자주 꺼내지 않는 물건들, 이를테면 일기장이나 필기구, 초콜릿 등을, 히프색에는 비교적 자주 꺼내야 하는 지갑과 디지털카메라 등을 넣어두었다. 왼쪽 팔목엔 시계를 찬다. 파리에 온 기념으로 프랑스 국기 스트랩으로 갈아 끼우는 것도 잊지 않았다. 한 손에는 500ml 생수 한 병을, 그리고 다른 한 손에는 휴대폰을 챙겼다. 그럼 외출 준비 끝.

어디선가 그런 이야기를 들은 적이 있다. 겉으로 보기에 여행자 티가 많이 나면 범죄의 표적이 될 수 있다고. 말인즉슨 최대한 현지인처럼 입고 다니라는 이야긴데, 여행 짐을 싸본 사람이라면 알겠지만 가방을 비운다고 해도 '나 여행자요' 하는 행색을 지우기란 쉽지 않다. 그런 의미에서 '현지인처럼 입으라'는 정보를 이렇게 정정하고 싶다.

'어차피 현지인 아닌 거 다 아니까 여행자답게 여행하자!'

여행자다움. 낯선 세상을 향한 호기심 가득 찬 눈빛, 탐험하는 열린 마음, 그 안에서도 합리적인 의심과 적당히 경계하는 자세를 뜻한다. 이런 태도의 여행이라면 어떤 행색을 하든 원하는 것을 얻어 갈 수 있다고 생각한다. 지나치게 움츠리면 앞으로 나아갈 수 없고, 그렇다고 도전이란 허울 좋은 타이틀만 믿고 섣부르게 움직였다가는 위험에 빠질 수도 있다. 당연한 얘기지만 무슨 일이든 균형이 중요하다. 아, 마지막으로 짐을 꾸리는 데 있어 가장 중요한 한 가지. 처음 만나는 이 도시, 파리는 어떤 곳일까 하는 설렘 또한 잊지 말고 챙길 것!

파리에서 제일 먼저 찾은 곳은 에펠탑이었다.

'파리' 하면 가장 먼저 떠오르는 랜드마크 에펠탑은 기대와 달리 너무 초라했다. 도착하자마자 여기저기서 집시들이 튀어나와 파리 떼처럼 달라붙었다. 날씨는 또 왜 이렇게 변덕이 심한지. 날씨 좋지 않기로 유명한 런던보다 더한 것 같았다. 간혹 소나기가 쏟아지다가 맑아졌던 런던 날씨는 엉엉 울다가도 언제 그랬냐는 듯 빵긋 웃는 아기 같았는데, 파리는 반쯤 미친 아기 같은 날씨였다. 도무지 종잡을 수 없는 타이밍에 비가 내리는가 하면 비가 쏟아지는 와중에도 해가 나오질 않나, 마치 불협화음이 난무하는 오케스트라 연주 같았다. 누가 파리를 낭만의 도시라고 불렀던가. 여행 직전 마지막으로 본 영화도 하필이면 우디 앨런의 〈미드나잇 인 파리〉였다. 기대했던 영화 속 파리와 눈앞의 간극이 크게 느껴질 수밖에.

그래서 그냥 걸었다. 에펠탑이 실망스러워도, 미친 아기 같은 날씨가 내 주변을 맴돌며 혼을 쏙 빼놓아도 내가 할 수 있는 거라곤 그저 걷는 것뿐이었다. 노트르담 대성당 앞에 한참을 앉아 있어보기도, 기어코 끝까지 오른 몽마르트르 언덕 위에서 잠시 파리의 전경을 누리기도 했다. 그 와중에 저 고급 레스토랑에서, 5성급 호텔에서, 럭셔리한 백화점에서 그들만의 여행을 즐기는 사람들을 생각하니 기분이 오묘해졌다.

그날 저녁에는 니콜라와 닌텐도 게임기로 마리오 카트를 했다. 멍청하게 생긴 내 캐릭터가 자꾸 도랑에 빠져 죽는 바람에 긴장감이라곤 찾아볼 수 없는 게임이었지만 뭐가 그리 즐거운지 쉴 새 없이 웃어댔다. 게임을 하다 배가 고파지면 니콜라가 만들어준 간단한 음식을 먹고 다시 게임을 했다.

그다음 날에도, 또 그다음 날에도 나는 하루 종일 파리 시내 이곳저곳을 걸어 다녔다. 저녁엔 어김없이 니콜라와 함께 시간을 보냈다. 유효 기간이 얼마 남지 않았다던 무료 영화 티켓으로 극장을 찾아 〈위대한 개츠비〉나

〈더 콜〉 같은 영화들을 보는 날도 있었다. 틈틈이 서로의 언어를 가르쳐주었고, 어김없이 마리오 카트로 드라이브도 했다. 그렇게 니콜라와 친구가 되어가고 있었다.

점점 파리라는 도시가 눈에 들어왔다. 비가 추적추적 내리는 날씨도, 지저분한 지하철도, 미로처럼 얽혀 있는 복잡한 골목도 어느 순간부터 낭만적으로 느껴졌다.

어깨에 힘을 조금 풀고 시야에 닿는 모든 것들을 천천히 바라보기로 했다. 익숙해진 만큼 마음에도 여유 한 칸을 비워뒀다. 파리에 낭만의 도시라는 별명이 붙은 이유는 이곳이 품은 여유 때문인지도 모른다.

그런 여유는 여행하는 마음으로부터 찾아왔다. 갑작스러운 변화 속에도 중심을 잃지 않고 그럼에도 한 발자국 더 옮겨보는 것. 새로운 발자국 앞에, 태어나 가장 맛있게 먹은 파니니를, 따뜻한 친구 니콜라를, 간혹 찾아온 햇빛을 만날 수 있었다. 최악의 상황이더라도 계속 걸어보기로 했다. 여행하는 마음으로.

인생을 여행에 비유하는 표현을 심심치 않게 보았다.

만약 정말 여행이 인생과 닮은 것이라면 나는 어떤 마음으로 여행하면 좋을까. 그 답은 어쩌면 어떤 마음으로 살아가야 하는가에 대한 대답이 되어줄 수도 있을 것 같다.

당장 가진 게 없던 여행자인 나는 '그럼에도 걸어보는 마음'으로 여행했다. 돈이 없다고, 친구가 없다고, 우울하고 슬프다고 마냥 멈춰 있을 수는 없다. 걷다 보면 걷길 잘했구나 싶은 순간들이 오지 않을까.

삶 뒤엔 수억 걸음의 발자국이 새겨져 있다. 고로 걷는다는 것은 삶을 의미한다. 움직이는, 살아있는 모든 생명에 경이로움을 느끼는 이유다.

이 여행을 마칠 즈음, 나 역시 내가 새겨놓은 발자국에 감탄하고 싶었다. 나의 살아있음에 감동하고 싶었다. 간절히 그러길 바랐다.

Shun.

개구리 뒷다리는 무슨 맛일까

혼자 산 지 오래된 니콜라는 집에서 밥해 먹는 게 습관이 된 듯했다. 부엌에 있는 각종 레토르트 식품과 여기저기 나뒹구는 향신료만 봐도 알 수 있는 사실이었다.

8일 동안 니콜라는 거의 매일 저녁식사를 차려줬다. 과분한 식사 대접이 황송하여 그와 함께했던 저녁 식사에 그럴듯한 이름을 붙여주기로 했다.

이름하여 '본 아페티 니콜라 레스토랑'. 본 아페티*bon appétit*는 불어로 '맛있게 드세요'라는 뜻이다. 그중 기억에 남았던 메뉴들을 소개한다.

1. 영혼의 카르보나라

둘째 날 저녁, 피곤한 몸을 이끌고 집에 돌아왔다. 잠깐 기다리라던 니콜라는 부엌에서 무언가를 뚝딱 만들어 내놓았다. 뜨끈한 크림소스가 흥건한 카르보나라였다.

오목한 접시 안에 담겨 나온 뜨거운 김이 모락모락 피어오르는 크림소스. 크게 한 스푼을 퍼 올려 입안 가득 삼킨다. 갓 끓인 뜨겁고 짭짤한 크림수프가 식도를 타고 몸 안 깊숙이 흘러 들어온다. 뜨거운 기운이 온몸을 데우고 동시에 약간 붉어진 두 볼. 나도 모르게 행복한 한숨이 새어 나온다.

여행을 떠난 이후 한 번도 식사다운 식사를 한 적이 없었다. 놓친 비행기의 충격 때문에 모든 것이 돈처럼 느껴졌던 터다. 커서를 갖다 대면 정보가 뜨는 RPG 게임처럼 음식 위로 가격표가 떠다녔다. 과장된 표현이 아니다. 마트에서 떨이하는 음식으로 대충 때려 넣거나 한국에서 챙겨온 비상식량으로 끼니를 때웠던 것 같다.

파리에서도 마찬가지였다. 외식은 아예 꿈도 꾸지 않았다. 가장 저렴한 바게트(종이 맛이 난다)에 크림치즈만 쓱쓱 발라 배고플 때마다 입안에 쑤셔 넣는 게 전부였다. 뜨거운 음식은 잊은 지 오래였다.

이 모든 서러움이 크림수프 한 스푼에 모두 녹아내렸다.

지친 영혼을 달래는 일은 그리 어렵지 않은 것일 수도 있겠다. 위태로운 여행을 이어가며 비어버린 나의 영혼을 따스하게 적셔준 건 정성스러운 이 한 그릇으로 충분했으니. 아는 사람 하나 없는 곳에서 맛본 오로지 나를 위한 카르보나라는 온기에 굶주렸던 나의 배와 영혼을 두둑하게 채워준 소중하고 따뜻한 저녁 식사였다.

• • • • •

2. 프랑스 코스 요리

니콜라가 물었다.

"프랑스에 오면 가장 먹고 싶었던 음식이 뭐야?"

글쎄. 사실 이 여행에서 먹고 싶은 걸 먹겠다는 계획은 자동적으로 삭제된 지 오래였다. 그저 배를 채울 수 있는 음식이면 되었다. 하지만 이런 대답은 어쩐지 성의 없이 느껴져 내가 알고 있는 프랑스 음식들을 나열했다.

"음… 라타투이, 푸아그라, 에스카르고…."

니콜라의 얼굴에 옅은 미소가 번졌다.

"내가 내일 프랑스 음식 코스로 만들어줄게."

"정말요? 코스로?"

"푸아그라, 에스카르고, 그르누이! 안 먹어봤지? 기대해!"

갑자기 '본 아페티 니콜라 레스토랑'의 풀코스 예약이 잡혀버렸다.

2-1. 애피타이저, 푸아그라*foie gras*(거위 간 요리)

지난밤 말했던 메뉴들은 진짜 먹고 싶은 음식이라기보다 특이해서 기억하고 있는 프랑스 음식들이었다. 거위 간, 달팽이, 개구리 뒷다리 같은 음식을 먹는 경험은 흔치 않으니 말이다. 니콜라가 기다렸다는 듯 나의 대답을 덥석 물었고, 나 또한 호기심 반, 감사한 마음 반으로 코스 요리 초대에 응했다.

첫 번째 요리는 푸아그라였다. 상상 속 푸아그라는 스테이크 같은 그릴 요리였는데, 눈앞에는 웬 네모난 캔이 있었다. 뚜껑을 열어보니 통조림 참치와 비슷한 모양의 스프레드 크림이 한가득이었다.

니콜라가 먼저 스푼으로 푸아그라를 퍼 올려 갓 구운 토스트 위에 반듯이 발랐다. 그러고는 입속으로 쏙. 맛이 어떠냐는 신호를 보내니 엄지손가락을 치켜세우는 니콜라. 나도 어서 먹어보라고 스푼을 건넨다.

니콜라의 시범대로 갓 구운 따끈한 토스트 위에 푸아그라를 골고루 펴 바른 뒤 크게 한 입 베어 물었다. 고소한 토스트와 푸아그라의 깊은 맛이 조화롭게 섞여 부드럽게 넘어갔다.

"너무 맛있는데요?"

이 맛에 호기심을 포기하지 못하는 거 아닐까. 낯선 시도는 늘 두렵다. 하지만 그만큼 성공하면 더 기쁘다. 취향이란 그런 식으로 확장해나가는 것 같다. 푸아그라 토스트를 한 입 베어 무는 순간, 나의 세계도 조금은 확장된 것 같았다.

한 입 뒤에는 쉬지 않고 입안으로 집어넣었다. 마치 무언가에 홀린 사람처럼. 푸아그라 한 캔이면 식빵 한 봉지는 금방 끝내겠다 싶었는데 아니나 다를까, 정말 식빵 한 봉지가 다 비어 버렸다. 이러다가 메인 음식은 먹을 수나 있을까?

2-2. 메인, 에스카르고*escargot*(달팽이 요리)

식빵 한 봉지가 바닥날 즈음, 니콜라는 부엌으로 가 다음 요리를 준비하기 시작했다.

"뭐 도와줄 거 없어요?"

뭐라도 해야 할 것 같아 자리에서 일어나려 하자 니콜라는 손사래를 치며 거절했다.

"그 남은 빵이나 마저 먹어."

얌전히 앉아 있는 게 도와주는 일일 수도 있겠다 싶어서 남은 푸아그라 토스트나 먹어 치웠다.

잠시 후 두 번째 요리, 에스카르고가 나왔다.

예상했던 모습과 달리 점잖은 비주얼이었다. 달팽이를 식용으로 접하는 건 처음이지만 '요리된' 달팽이가 어쩐지 낯설지 않았다. 도리어 먹음직스러워 보이기도 했다.

기름에 달달 볶은 달팽이 껍데기 위로 윤기가 자르르. 그 위에 흩뿌려진 바질 페스토와 붉은 고춧가루. 비주얼은 일단 합격이다.

작은 포크를 가지고 온 니콜라는 달팽이 껍데기 안에 포크를 찔러 넣어 살을 빼낸 뒤 입안으로 쏙 집어넣었다. 눈치껏 그를 따라 하며 달팽이 하나를 입안으로 쏙 집어넣었다. 쫀득쫀득한 식감 사이로 간이 밴 육즙이 새어 나왔다. 입안 가득 기름칠을 두른 달팽이 살은 목구멍 속으로 꿀떡 넘어갔다.

'이것도 생각보다 맛있네?'

어디선가 먹어본 듯 굉장히 익숙한 맛이 났다.

골뱅이다. 이건 골뱅이 맛이야. 달팽이라는 생소한 식재료만 떠올리지 않는다면 골뱅이라고 해도 믿을 만큼 흡사한 맛이었다. 골뱅이에 바질 페스토를 뿌려 먹어볼 생각은 안 해봐서 정확한 비교는 어렵겠다만.

에스카르고 역시 처음 먹어보는 낯선 음식이었지만, 별 거부감 없이 깨끗하게 접시를 비웠다. 니콜라는 '못 참겠다'며 레드 와인 한 병을 가지고 왔다.

"와인이랑 궁합이 짱이거든."

레드 와인 한 잔에 에스카르고 한 입. 오늘 나의 세계는 어디까지 확장될 작정인가.

2-3. 디저트, 그르누이*grenouille*(개구리 뒷다리 요리)

와인 한 잔에 한껏 취기가 올랐다. 니콜라는 마지막 요리를 준비하겠다고 다시 부엌으로 향했다. 나도 이렇게 먹고만 있기 뭐해 그의 뒤를 쫓았다. 그런데 부엌에 들어서자마자 그대로 등을 돌릴 수밖에 없었다.

도마 위에 초록색 껍질들이 산더미처럼 쌓여 있었다. 그 정체는 바로 개구리 피부 껍질. 뒷다리를 손질하고 남은 잔해였다. 그 옆에는 누가 봐도 개구리 뒷다리 모양의, 초록 껍질을 벗겨낸 허여멀건한 다리들이 쌓여 있었다. 내가 당황하자 니콜라는 껄껄 웃으며 개구리 뒷다리를 살랑살랑 흔들어댔다. 덕분에 다시 식탁에 앉아 기다릴 명분이 생겼다.

와인을 홀짝거리며 진정하기도 잠시, 완성된 개구리 요리가 눈앞에 나타났다.

그르누이. 개구리 뒷다리 요리로 비주얼 한번 인상적

이다. 분명 전분 위에서 한번 구르고 기름 두른 팬 위에서 태닝까지 마치고 왔을 텐데 누가 봐도 개구리 뒷다리 모양이다. 앞서 맛본 메뉴들은 양반이었구나. 상당한 도전 정신이 필요하겠다 싶었다.

눈을 감고 크게 한 입 베어 물었다. 어라? 의외로 참 맛있다. 눈을 감고 먹으니까 닭고기 같기도 하고 아니, 오히려 닭고기보다 더 쫀득쫀득하고 감칠맛이 느껴진다. 다만 씹을 때마다 머릿속에서 개구리들이 폴짝폴짝 뛰어다니는 일은 막을 수가 없다.

서너 개쯤 먹었을까, 배에서 이제 그만 좀 먹으라는 신호가 오기 시작했다. 식빵 한 봉지, 푸아그라, 그리고 달팽이 한 접시까지 비웠으니 뱃속에 동물 농장 한 채가 지어져도 이상할 일이 아니다. 니콜라의 정성을 무시할 수 없으니 이것까지는 전부 다 먹기로 했다. 머릿속에 뛰어다니는 개구리들과 함께 마지막 하나 남은 뒷다리까지 깨끗하게 발라 먹었다.

"아, 배불러서 한 발자국도 못 움직이겠다."

"나도."

그렇게 말은 했지만 남은 와인을 핑계 삼아 치즈 안주

까지 뱃속으로 잘만 들어갔다.

푸아그라, 에스카르고, 그르누이. 이날 먹은 낯선 음식들은 비단 나의 세계뿐만이 아닌, 지구상에 내가 차지하는 면적을 확장하는 데에도 상당한 기여를 했으리.

• • • • •

3. 라클렛

파리에서의 마지막 날 밤, 니콜라가 물었다.

"치즈 좋아해?"

"엄청!"

"그럼 오늘 저녁은 라클렛 먹자."

라클렛은 치즈를 녹여서 감자, 햄, 피클 등과 함께 먹는 스위스의 전통음식이다. 처음에는 그 이름이 어려워서 몇 차례나 되물었다. 니콜라는 발음을 어려워하는 나를 위해 종이 위에 스펠링을 적어주었다.

'Raclette'

스펠링을 보고도 불어의 R 발음이 어려워 잘 따라 하지 못했다. R 발음이 가래 긁을 때 내는 소리 같아 계속

웃음이 터졌다. 결국 '흐헉' 하는 소리만 반복하다가 포기를 선언했다.

니콜라는 라클렛에 필요한 도구와 재료들을 가지고 와 식탁 위에 펼쳤다. 라클렛은 전용 도구가 필요한 요리다. 라클렛 전용 팬과 그릴, 각종 치즈, 햄, 빵…. 처음 보는 생소한 도구들을 신기해하자 니콜라가 하나하나 친절히 설명해줬다.

손잡이가 달린 손바닥 반만 한 크기의 네모난 팬이 라클렛의 주인공이다. 이 위에 먹고 싶은 재료들과 치즈를 올려 라클렛 기계 안에 집어넣고 20~30초쯤 기다린다. 잠시 후 치즈가 녹으면서 타닥타닥 소리와 함께 고소한 향이 올라온다. 완성이다. 팬을 꺼내 재료와 치즈를 잘 휘저어 후후 불어 먹으면 끝.

먹는 것에 있어선 학습이 참 빠른 나. 과정을 몇 번 반복하니 23년간 라클렛을 주식으로 먹어본 사람처럼 신속하고 빠르게 입안으로 집어넣었다. 짭짤한 햄과 고소한 감자를 포근하게 감싼 따뜻한 치즈 이불이 입안에서 고루 섞이며 황홀하게 춤을 춘다. 이름부터 모양까지 모든 게 유럽다운(?) 라클렛. 그 감성을 느끼는 데도 너무나 만족스러웠다.

"고마워요, 니콜라. 유럽에 와서 먹은 음식 중에 제일 맛있었어요."

니콜라는 특유의 사람 좋은 미소로 화답했다. 내일이면 이 미소도 더 이상 보지 못하겠지.

니콜라는 어떤 마음으로 낯선 이들에게 선의를 베푸는 것일까. 세상에는 내가 이해하지 못하는 따뜻한 마음들이 존재하나 보다. 그 마음이 바람 같으면 좋겠다. 한 곳에 머무르지 않고 여기저기 떠다니다 언젠가는 내 마음에도 정착하는 날이 오기를. 니콜라의 따뜻한 음식들이 나를 데워줬던 것처럼.

1997
DUBERNET
Shun.

나
파리지앵 친구
있는 사람이야

나는 거절을 잘 못한다. 부탁이라면 일단 '넵' 하고 답하는 현대인들의 고질병을 '넵병'이라고 하던데, 아마 나는 '넵병' 말기 환자 수준일 것이다.

평소에도 거절을 힘들어하는데 무료로 신세 지는 카우치 서핑에 거절이 웬 말이겠는가. 호스트의 제안에 언제나 '넵'으로 일관했다. 피곤하고, 배고프고, 아프고, 힘들어도 공짜니까 '넵'이어야 했다. 갑을 관계를 만든 건 나였다. 자발적 '을'이 되어놓고선 쌍방으로 소통할 수 없음에 속상해했다. 어쩔 수 없다. 기질인걸.

원체 남의 눈치를 많이 보고 수줍음까지 많은 내가 아무런 대가 없이 낯선 사람 집에서 신세를 진다는 것 자체가 불편한 일이었다. '주인과 손님'이라는 편견 섞인 위계질서가 이미 머릿속에 자리 잡았으니 카우치 서핑으로 진짜 친구까지 사귄다는 건 지나친 욕심 같았다.

물론 간혹 호스트의 초상화를 그려주거나 노래를 불러주기도 했다. 한국에서 사 온 작은 기념품을 선물하는 것으로 고마운 마음을 전달한 적도 있다. 그렇다고 빚진 마음이 쉬이 사라지는 것은 아니었다. 관계란 기브 앤 테이크. 핑퐁처럼 서로 주고받아야 쌓이는데 나는 지나치게 받고만 있는 것 같았다.

빚을 지지 않아도 괜찮은 사람을 만나고 싶었다. 각자 먹을 것은 각자의 돈으로 해결할 수 있는, 서로에게 물질적으로 빚을 지지 않는 그런 사람 말이다.

카우치 서핑 홈페이지를 뒤져본 결과 숙박 말고도 가볍게 만날 수 있는 '행아웃*hang out*'이 존재한다는 것을 알게 되었다. 곧장 여러 명에게 메시지를 보냈고 마야라는 친구에게 답장을 받았다. 마야는 파리에서 디자인을 공부하고 있는 동갑내기 프랑스인 여학생이었다.

샤틀레역 앞 맥도날드에서 마야를 만나기로 했다. 실

제로 만나 보니 생각보다 훨씬 더 큰 키(180cm는 되는 것 같았다)에 한 번, 한국에 대한 관심에 또 한 번 놀랐다.

마야는 니콜라처럼 한국에 관심이 많은 친구였다. 가장 좋아하는 음식인 김치찌개와 불고기가 파리에서는 너무 비싸다며 속상한 표정을 지어 보이기도 했다. 심지어 한국인들도 잘 모르는 마이너한 한국 뮤지션들까지 알고 있었다. 알고 있는 한국어도 몇 개 자랑했는데, 그중 '쭉쭉빵빵'이나 '뚱뚱해'가 어감이 재미있다며 계속해서 "뚱뚱해!"를 외치기도 했다. 은근히 나를 돌려 까는 것은 아닌가 의심스러웠다.

우리는 하루 종일 파리의 시내를 걸었다. 영화 〈비포 선셋〉에 등장한 셰익스피어 앤 컴퍼니 서점에 가기도 하고, 누텔라가 잔뜩 발린 달콤한 크레이프를 먹기도 했다. 첫날 방문한 노트르담 대성당도 다시 방문했다. 마야와 함께 보는 대성당의 느낌은 또 새로웠다. 그밖에 다른 여러 곳을 방문했지만 아무래도 가장 기억에 남은 것은 파리의 거리 산책이다. 현지인인 마야 옆에 딱 달라붙어 시내를 누비고 있으니 근본 없는 자신감까지 솟았다.

'나 파리지앵 친구 있는 사람이야!'

가끔 언어의 장벽에 부딪힐 때도 있었지만 수준급의 영어를 구사하는 마야가 찰떡같이 알아 들어줘 소통에 큰 문제는 없었다. 마야는 내가 바라던 '빚 지지 않아도 되는 친구'였다. 우리는 다음 날 또 만나기로 약속했다.

SHAKESPEARE AND COMPANY
Shun.

파니니를 좋아하게 된 이유

파니니를 좋아한다. 파니니를 파는 카페에 가면 무조건 파니니를 시킨다. 신선한 연어가 들어 있으면 더 좋다. 따뜻하게 데워주면 더, 더 좋다. 따뜻한 연어 파니니라는 취향이 생긴 건 우연으로부터다.

파리에서도 역시나 돈이 없었다. 그나마 먹을 수 있는 거라곤 저렴한 빵뿐. 빵을 즐겨 먹지 않지만 어쩌겠는가. 먹을 수 있는 게 있다는 것만으로도 감사하게 여겨야지. 빵은 가난한 내게 차선이자 최선의 식량이었다.

빵의 본고장답게 파리에는 수많은 빵집이 늘어서 있었다. 아무래도 가장 만만한 건 대형 마트 베이커리 코너 구석에 있는 큼직한 바게트 같은 녀석이다. 프랑스 태생이라 엄청 저렴한 데다 크고 묵직한 게 주린 배를 제법 채워주었다.

바게트로 연명하기 며칠째. 슬슬 한계에 도달하려던 어느 날, 센강 근처에서 한 빵집을 우연히 발견했다. 낡은 간판 아래 쇼윈도 너머에는 캉파뉴, 바게트, 통식빵과 같은 커다란 빵이 한가득 쌓여 있었다. 문을 열고 들어서니 노란색 꽃무늬 앞치마와 두건을 두른 아주머니가 웃으며 반겨줬다. 왠지 이야기가 숨어 있는 곳 같아 두근거렸지만 그렇지 않은 척 자연스럽게 행동했다.

수많은 빵 가운데 파니니를 골랐다. 바게트는 지겨웠고 다른 빵들은 너무 크거나 비쌌다. 그나마 파니니가 가장 만만해 보였다. 그것이 '인생 파니니'와의 운명 같은 만남이었다.

주인아주머니는 와플 기계처럼 생긴 그릴 기계 앞으로 갔다. 예열이 된 그릴 위에 파니니를 올리고 뚜껑을 덮은 채 꾹 눌렀다. 몇 분 뒤 뚜껑을 열자 먹음직스러운 갈색 그릴 문양이 찍힌 파니니가 빵긋하고 나타났다. 입에 침이 고여 꼴깍 삼켰다.

아주머니가 건네준 따뜻한 파니니를 받아들어 매장 밖을 나왔다. 또 정신 나간 파리의 하늘이 침을 뱉듯 비를 뿌리고 있었다. 파니니가 식을까 봐 심장 가까운 곳에 꼭 껴안은 채 달렸다.

먹을 곳이 마땅치 않았다. 강변 벤치가 눈에 띄어 자리를 잡고 앉았다. 비가 점점 많이 내리기 시작했다. 결국 배낭에서 우산을 꺼내 펼쳐 들고 가슴에 품었던 파니니를 꺼냈다. 아직 뜨거웠다. 크게 한 입 베어 물었다. 낯선 희열. 이렇게 맛있는 빵은 태어나서 처음이었다. 이 세상의 맛이 아니었다. 아니, 어쩌면 내가 알던 세상이 확장되었는지도 모르겠다.

한 입 베어 문 따뜻한 파니니엔 훈제연어 몇 조각이 들어 있었다. 안에 무엇이 들어 있을 거라곤 생각지도 못했는데 뜻밖의 선물을 받은 것 같았다. 연어와 함께 어우러지는 향긋한 소스와 야채, 그리고 따뜻한 빵이 입안에서 춤을 췄다. 단언컨대 다시는 이보다 맛있는 파니니를 먹을 수 없으리.

Shun.

시작은 그랬다. 마침 그래서, 상황이 들어맞아서, 어쩔 수 없이. 다양한 이유로 마주한 우연 속에서 나의 세계는 확장되었다. 파니니가, 카우치 서핑이, 처음 온 도시가, 낯선 사람이, 새로 산 비행기 티켓이 그랬다. 여행은 우연의 연속이었고 몇 개의 우연이 모여 여행이, 나의 세계가 되고 있었다.

• • • • •

파리를 떠나기 전, 마야와 두 번 더 만났다.

마야에게 추천받은 식당에서 함께 프랑스 가정식을 먹었고, 반짝이는 조명의 에펠탑 아래서 와인 한 병을 나눠 마셨다. 술에 취한 그날 밤은 특히 기억에 남는다. 알딸딸한 상태로 노트르담 대성당 앞에 가서 기념사진을 찍고 가로등이 켜진 오밤중의 파리를 뛰어다녔다. 마지막 날에는 마야에게 한국에서 사 온 한국 전통 문양 북마크를 선물했다. 진심으로 감동한 마야의 표정에 도리어 머쓱했다.

모네의 집이 있는 지베르니에선 버스를 놓치는 바람에 무작정 걸었다. 걷다 보니 뜻밖의 절경이 나왔다. 초원 위로 말 서너 마리가 한가로이 풀을 뜯고 있었고, 녹색 들판 위로 이름 모를 붉은 꽃들이 바람에 휘날렸다. 모네의 그림이 따로 없는 풍경이었다.

하루의 마무리는 늘 니콜라와 함께였다. 자꾸만 도랑에 빠지는 멍청한 내 마리오 카트 캐릭터는 마지막 날까지도 힘을 쓰지 못했다. 심심하면 함께 영화도 봤다. 내가 집에 있는 동안은 자꾸 무언가를 만들어줘 살이 빠질 틈이 없었다. 일주일이 넘어가니 그곳이 내 집처럼 편해졌다.

그 모든 것은 우연이었다. 이곳으로 애써 떠나오지 않았다면 결코 마주할 리 없는, 마주할 수 없었던 우연.

우연한 순간들은 엄청난 파장을 일으켰다.

그때 먹었던 파니니를 오늘의 나는 서울의 브런치 카페에서 찾는다. 마야와 와인 한 병을 나눠 마셨던 그날 파리의 풍경은 나의 침실 머리맡 액자가 되어 걸렸다. 지베르니에서 우연히 마주했던 모네의 그림 같은 풍경은 지금도 틈만 나면 낯선 길을 걷게 만든다. 파리에서의 우연한 순간들이 모이고 모여, 결국 지금 이렇게 글을 쓰고 있다. 여행은 몰랐던 나를 발견하고 그 세계를 확장시키는 일이었다.

니콜라에게

새벽 공기가 제법 쌀쌀하네요. 출근은 잘했나요? 생각보다 지하철역에 일찍 도착했어요. 열차를 기다리는 승객이 저밖에 없네요. 배가 고파서 마트에서 뭐라도 사 오고 싶지만 너무 이른 시각이라 그런지 연 곳이 한 군데도 없어요. 니콜라가 길을 잘 알려주긴 했나 봐요. 길을 잃고 헤매는 시간까지 계산해서 일찍 나온 거였는데, 덕분에 생각지도 않은 여유가 생겨버렸네요.

어젯밤엔 제가 너무 늦게 들어오는 바람에 작별 인사도 제대로 못 했던 것 같아요. 파리에서 마야라는 친구를 사귀게 되었는데 그 친구랑 밤새 돌아다녔거든요. 에펠탑 앞 풀밭에 앉아 와인 한 병을 나눠 마시고 시내 곳곳을 누볐어요. 제 꿈이 뮤지컬 배우라고 하니까 마야가 술 때문에 빨개진 얼굴로 "넌 나처럼 얼굴이 안 빨개지니까 배우로서 합격"이라고 하대요. 시답잖은 농담에도 배꼽을 잡고 웃었어요.

거리의 가로등도, 문 닫은 상점들도 괜히 예뻐 보였어요. 센강은 밤에 특히 아름답더라고요. 뭐 하나라도 마음에 더 담아 가고 싶었어요. 아니, 파리가 먼저 하나라도 더 보고 가라고, 하나라도 더 담아 가라고 이야기하는 것 같았어요. 파리를 떠나야 한다니 정말 속상해요. 사실 처음엔 익숙함에서 벗어나는 게 두렵기 때문이라고 생각했는데 아무래도 아닌 것 같아요. 파리가 좋아요. 파리가 너무너무 좋아졌어요.

어떻게 하면 낯선 이방인에게 내가 사는 도시를 반하게 할 수 있을까 고민해봤어요. 떠오르는 이미지가 몇 되지 않았는데 그 중심엔 니콜라가 있더라고요. 니콜라가 툭툭 던져놓은 배려 속에서 저는 맘 편히 파리를 담을 수 있었던 것 같아요. 고마워요.

오늘 새벽 저를 버스 정류장까지 데려다주면서 어떻게 가야 하는지 끊임없이 반복해서 알려주던 모습엔 눈물까지 날 뻔했어요. 버스에서 내리면서 기사 아저씨에게 저를 잘 부탁한다는 인사도 하고 갔죠? 다 봤어요. 물론 알아듣지는 못했지만요. 그래도 그런 거 있잖아요. 알아듣지 못해도 알 수 있는 것들.

니콜라의 배려가 그랬어요. 돌이켜 생각해 보니 보이는 툭, 툭 던져놓은 배려들. 니콜라가 만들어놓은 울타리 안에서 저는 안심하고 파리를 즐길 수 있었어요. 먹고 싶은 것을 먹고, 만나고 싶은 사람을 만나고, 하고 싶은 것을 했어요. 정말, 정말 고마워요.

이제 와서 하는 미안한 얘기지만 사실 처음에는 니콜라를 의심했어요. 목적이 있을 거라고요. 낯선 사람을 내 공간에 들인다는 것은 쉽지 않은 일이잖아요. 하지만 뚜렷한 목적이 있으면 쉬워진다고 생각했어요.

첫날 니콜라 집에 들어서는 순간 낯익은 한국 식품이 보여서 그런 오해에서 빠르게 벗어났어요. 니콜라는 한국에 관심이 많아 나를 초대했구나 싶었거든요. 그런데 그런 생각마저도 며칠뿐이었어요. 한국에 대한 문화나 정보에 대해서 더 이상 묻지 않았잖아요. 그저 오늘은 뭘 했는지, 어떤 걸 먹고 싶은지, 내일은 무엇을 할 건지 같은 일상적인 대화들을 나눴죠. 그때 느꼈어요. 나의 시선으로 바라보는 세상이 얼마나 좁았는지요.

내가 건설한 나의 세계로 세상을 바라보는 일은 참 쉽고 간편해요. 경험에 의한, 혹은 학습에 의한 조건에 들어맞기만 하면 타인을 그런 사람으로 정의 내릴 수 있으니까요. 그간 얼마나 편하게 세상을 바라봤나 생각하게 되었어요. 이 사람은 혼자 사는 남자니까 이런 이유 때문에 카우치 서핑을 할 거야, 이 사람은 서양인이니까 동양인인 나를 이렇게 생각할 거야, 이 사람은 집주인이니까 손님인 나를 이렇게 생각할 거야. 그 누구도 시키지 않은, 오로지 '나'에 의한 기준 속에 '이 사람은 그럴 거야'를 끼워 맞춰왔던 것 같아요. 니콜라가 그런 생각을 바꿔줬어요. 완전히는 아니더라도요.

니콜라가 만들어줬던 음식들을 잊지 못해요. 카르보나라, 푸아그라, 에스카르고, 그르누이, 라클렛…. 다음에 한국에 놀러 온다면 떡볶이로 보답할게요. 제가 제일 자신 있는 메뉴거든요. 기대해도 좋아요.

방금 열차에 막 탔어요. 암스테르담까지는 두 시간이 조금 안 걸리네요. 이렇게 쉽게 국경을 넘을 수 있다니 새삼 신기하고 재밌어요. 해저 터널을 건넜던 파리행 유로스타는 창밖에 온통 어둠뿐이었는데 지금은 아름다운 프랑스 교외가 보여요. 해도 막 뜨기 시작했어요. 남들보다 일찍 하루를 시작하는 사람들이 보이네요. 풀을 뜯고 있는 말들도, 해를 등진 작고 낮은 건물들도요. 빠르네요. 찰나의 순간처럼 빠르게 지나가요. 파리에서 지냈던 지난 8일처럼요.

암스테르담에서 니콜라만큼 좋은 호스트를 또 만날 수 있을까요? 걱정되지 않는다면 거짓말이겠죠. 하지만 꼭 그렇지 않아도 괜찮을 것 같아요. 경험상 제 뜻대로 되는 일은, 적어도 이 여행에선 없었거든요. 조금 해탈한 것 같죠? 해탈했는지도 몰라요. 무언가를 기대하면 그 상실감이 배로 커진다는 걸 첫 비행기를 놓치면서 배웠거든요.

그럼에도 마주하게 될 처음의 질감, 설렘이나 두려움 같은 감정은 어쩔 도리가 없어요. 그러니 걱정되는 것을 두려워하지 않으려고요. 어차피 하게 될 걱정이라는 것을 아니까 적어도 그 걱정을 당연하게 여기면 좀 낫지 않을까, 그런 식의 태도인 거죠.

그렇게 여행을 해 나갈게요. 닥쳐올 미래에 대한 걱정을 부정하기보다 당연하게 걱정을 향하여 나아갈게요. 니콜라가 준 용기예요.

암스테르담에선 이틀 밤만 자고 다시 프랑스로 돌아와요. 기회가 닿는다면 또 만나요. 친구가 되어주어 고마워요, 니콜라.

암스테르담으로 가는 열차 안에서, 슌.

Shun.

왜
싫다고
말을 못해

지나고 나면 이불을 걷어차고 싶을 만큼 부끄러운 순간들이 있다. 파리 다음의 여행지, 암스테르담에서의 기억이 그러하다. 그곳엔 어김없이 거절을 못 하는 예스맨인 내가 있었다.

호스트의 제안에 그를 따라 홍등가를 걸었고('걷기만' 했다), 그가 건넨 예거마이스터를 열 잔 넘게 받아 마셨으며, 거리 한복판에서 〈강남스타일〉을 열창하며 말춤을 췄다(지금도 충분히 후회한다). 그 정도면 차라리 다행이다. 귀가하는 버스에서 동서남북으로 격렬하게 헤드뱅잉을 하다 정신을 잃었고, 눈을 떠보니 차가운 화장실 바닥 위에 널브러져 있었다. 강력한 파워로 쏟아지는 차가운 물줄기를 맞으면서 말이다. 온몸이 젖어 있었지만 옷을 벗을 힘조차 없었다. 결국 그 상태로 날이 밝았다. 날이 밝음과 동시에 생각했다.

'어지간하면 끌어내서라도 방 안에서 재웠을 텐데…. 나 정말 어지간했나 보다.'

암스테르담의 카우치 서핑 호스트, 추에게 하는 말이었다.

자신을 추… 뭐라 소개했지만 이름이 너무 어려운 관계로 편의상 추라고 하겠다. 추와 나는 술에 취해 겨우 집에 도착했다. 도착하자마자 내가 "토할 것 같다"라고 하자 추가 나를 화장실로 밀어 넣었다. 그때부터 신나게 토를 쏟았다. 먹은 거라곤 물과 술이 전부. 입에서 쏟아진 것도 투명한 액체뿐이었다.

어떻게든 정신을 차려보고자 샤워기를 머리에 갖다 댔다. 엄청 차가운 물줄기가 머리통을 깰 듯 두드려 팼다. 나는 거기서 그만 전원이 꺼졌다.

내가 집주인이었어도 보통 골사나운 일이 아니었다.

일어나자마자 밀려오는 부끄러움에 눈을 질끈 감았다.

젖은 옷을 갈아입고 방문 틈 사이를 들여다봤다. 자고 있는 추가 보였다. 사과를 하거나 하다못해 해명이라도 해야 할 것 같은데. 아무래도 술이 완전히 깬 상태여야 가능할 것 같아서 나도 좀 더 잤다.

서너 시간 잤나. 공사를 하는지 창밖에서 '으드득, 으드드득' 하는 시끄러운 소음이 들려 오만상을 쓰며 잠에서 깼다. 소음의 원인은 다름 아닌 이를 가는 소리였다. 그것도 내가. 내 방귀 소리에 깜짝 놀라 일어난 적은 있지만 이를 가는 소리에 놀라기는 또 처음이었다. 잠버릇이 이렇게까지 고약한 적은 없었는데 도대체 지난밤 내게 무슨 일이 있었던 걸까.

이를 가는 소리는 술이 깨고도 멈추지 않았다. 평소에는 없던 버릇이었다. 정말이지 숨 쉬듯이 신경질적으로 이를 갈았다. 멈추지 않는 이 가는 소리에 머릿속에 지진이 일어난 것만 같았다. 이러다 이가 다 갈려버릴 것 같아 억지로 입을 쩍 벌렸더니 이번엔 턱이 빠졌다. 가지가지 한다.

반쯤 벌어진 턱 빠진 얼굴을 하고 거실로 나왔다. 처

음 이 집에 왔을 땐 어두워서 잘 보이지 않던 것들이 눈에 띄었다. 먹다 남은 과자 봉지, 개수가 가늠되지 않는 담배꽁초 더미, 음료 페트병 같은 쓰레기들. 솜뭉치 같은 까만 먼지들이 민들레 홀씨처럼 퐁퐁 흩날렸다. 끔찍하게 더러운 집이었다. 화장실에서 잔 게 다행일 정도로.

의자 위에는 이 집과 어울리지 않는 새하얀 방석이 놓여 있었는데, 얼씨구, 고양이였다. 고양이가 있는 집인지도 몰랐다.

추에게 사과를 해야 했다. 포스트잇에 미안하다고 적어 컵라면에 붙인 뒤 책상 위에 두고 나왔다. 한국인들이 해장용으로 먹는 스파이시 누들이라는 설명과 함께.

시내 관광을 하고 집으로 돌아온 그날 저녁, 컵라면과 포스트잇은 그 자리에 그대로 있었다. 아무래도 추는 화가 단단히 난 모양이었다.

말없이 스타크래프트를 하고 있는 추의 등에 대고 개미만 한 목소리로 속삭였다. 어제는 미안해. 나도 그렇게까지 취할지 몰랐어. 추는 대답했다. 괜찮아. 술 마시면 그럴 수도 있지. 그러나 여전히 등을 돌린 채였다.

어제와 확연히 다른 추의 태도에 주눅이 들었다. 어쩌면 나로 인해 한국인 전체에 대한 인상이 나빠졌을 수도 있었다. 축 늘어진 채 방 안에 들어와 일기를 쓰기 시작했다. 파리에 좀 더 있을걸… 니콜라가 디즈니랜드 할인 쿠폰이 있다고 했는데….

일기를 쓰며 한창 감상에 젖어 있던 중 바깥에서 나를 찾는 다급한 목소리가 들려왔다. 거실로 나가 보니 장대 같은 몸집으로 호들갑 댄스를 추고 있는 추가 보였다.

"쥐… 쥐 좀 잡아줘!"

가지가지 하는 건 나뿐만이 아니구나. 더러운 집이란 건 진작 알았지만 세상에, 쥐가 있다니.

그러나 이건 추의 마음을 뒤집을 수 있는 기가 막힌 기회였다. 내 손으로 멋지게 쥐를 처치한다면 추의 상한 기분을 조금은 돌려놓을 수 있지 않을까. 내가 망친 한국인의 이미지도 회복할 수 있을지 모르는 일이다…는 무슨, 나도 쥐 졸라 무서워! 세상에서 가장 싫어하는 게 쥐라고! 가늘고 긴 그 회색 꼬리를 보는 순간 온몸의 털이 쭈뼛 선다. 마음보다 몸이 먼저 반응해버린단 말이다.

쥐는 추가 키우는 흰 고양이에게 밟힌 채 숨을 죽이고 있었다. 고양이는 절대 쥐를 죽이지 않는다. 끝까지 갖고 놀 뿐이다. 〈톰과 제리〉의 제리가 죽지 않는 이유다. 고로 저 쥐새끼는 죽은 척하는 것일 뿐 아직 죽지 않았다.

추는 여전히 호들갑 댄스를 추며 커다란 손으로 내 등을 떠밀었다. 눈을 질끈 감고 가까이 다가가 손을 뻗었다. 장난감을 빼앗길까 두려웠던 고양이가 발톱으로 내 손을 할퀴었다. 집게손가락의 벌어진 살갗 사이로 붉은 피가 봉긋 솟았다. 추는 아랑곳하지 않고 쥐를 치워달라며 여전히 호들갑을 떨었다. 아, 죽여버리고 싶다. 손가락 끝으로 쥐의 꼬리를 잡아 든 채 추를 향해 '이제 어떻게 할까'라는 표정을 지어 보였다. 손끝엔 살기 위해 아등바등하며 대롱거리는 쥐가 있었고 추는 손가락으로 싱크대 옆의 베란다 창을 가리켰다.

베란다 창밖으로 주저 없이 있는 힘껏 쥐를 던져버렸다. 가엾은 쥐새끼는 창밖의 수풀 속으로 맥을 추리지 못한 채 사라졌다. 뒤를 돌아보자 해맑게 웃으며 박수를 치고 있는 추가 있었다.

그로써 깨달았다. 이 거지 같은 하루는 예스맨이 아닌

Shun.

추의 터무니없는 요구로 이루어졌다는 것을. 쥐를 잡아 달라는 말에도 예스를 마다하지 않았던 스스로에게 되뇌었다. 이것으로 빚은 청산이다. 그리고 추를 향해 어김없이 사람 좋은 미소를 지어 보이며 얘기했다.

"나 내일 아침에 떠날게."

1박을 더 있겠단 예정과 달리 내린 결정. 여행을 떠나온 후 예스맨의 입 밖에서 처음 내뱉은 "NO"였다.

열 시간을 달려 스트라스부르로

현이 사는 스트라스부르를 일정에 넣은 것은 어려운 선택이었다. 그녀와 3년을 같은 고등학교에 다녔지만 공유할 수 있는 추억이라곤 세 손가락으로 꼽기에도 빈약한 수준이었기 때문이다. 그렇다고 스트라스부르에 가지 않을 이유 또한 없었다. 현은 유럽에 거주하는 유일한 나의 지인이었으니까.

떠나기 한 달 전, 4년 만에 페이스북 메시지를 통해 현에게 연락했다. 잘 지내? 답장은 오지 않았다. 예측 가능한 결과였다. 현과 내가 공유하는 추억이라곤 입학 전에 동기들과 함께 의정부 닭갈비집 앞에서 찍은 단체 사진을 싸이월드에 올렸다는 이유로 '의정부 팸'으로 찍혀—사진이 너무 일진 같았단다—선배들에게 불려 다닌 웃지 못할 에피소드뿐이었으니. 현과 나는 그 의정부 팸의 창립 멤버였다. 제 뜻과 상관없이 의정부 팸이 되어버린 우리는 학기 초에만 반짝 친목을 과시하다 각자 다른 소속으로 자연스레 흩어졌다. 이후에는 생일이나 명절마저 그 흔한 안부 문자 하나 주고받지 않는 사이가 되어버렸으니 갑작스러운 나의 연락이 달갑지 않은 건 당연한 일이겠지 싶었다.

그런데 다음 날 오후, 현에게서 답장이 왔다.

'응, 수훈아. 오랜만이다. 무슨 일이야?'

나는 거두절미하고 연락을 건 목적부터 이야기했다.

'나 다음 달에 프랑스 가. 만날 수 있으면 만나자!'

내심 현이 '얘가 유학생에게 빌붙어 경비를 아껴볼 속셈인가' 하는 합리적 의심을 하지 않을까 걱정됐지만 금방 깔끔 명료한 답장이 도착했다.

'그래, 좋아. 스트라스부르로 와!'

암스테르담에서 스트라스부르로 향하는 버스는 장장 열 시간이 넘게 걸렸다. 엉덩이가 탈부착이 되면 좋겠다 싶을 만큼 신개념 고통을 선사하며 버스는 목적지를 향해 달렸다.

네 시간 간격으로 들른 휴게소에는 어째서인지 화장실이 없었다. 때문에 승객들은 내리자마자 너 나 할 것 없이 드넓은 초원으로 뛰어들어 대자연과 하나가 되었다. 세 번째 휴게소에 도착하기 전까지는 참을 만했던 나도 결국은 대자연과 하나가 될 수밖에 없었다. 저 멀리 지평선을 향해 거름을 뿌리며 생각했다. 누구 탓을 하겠니. 그 비싼 스트라스부르행 열차 티켓을 우주에도 없는 주소로 부쳐버린 건 다름 아닌 내 손가락이었는데.

스트라스부르에 도착했을 때는 11시가 넘은 깜깜한 밤이었다.

통신비가 아까워 와이파이 존에 붙어 연명했던 나의 휴대폰은 배터리마저 수명을 다했다. 로밍이란 최후의 가능성도 사라졌으니 현과 연락할 방법이 없었다. 혹시 엇갈렸으면 어떡하지. 스트라스부르 버스 정류장이 가까워질수록 입안이 바싹 말랐다. 이윽고 도착한 버스가 출입문을 열었다. 그 뒤로 후광이 비치는 한 여인이 밝게 웃으며 서 있었다. 현이었다.

허겁지겁 짐을 챙겨 내리자마자 와락 현을 껴안았다. 십여 시간의 드라이브는 별다른 용기 없이도 어색함을 날려버리게 했다. 더불어 이토록 먼 타지에서 아는 사람을 만났다는 거 하나가 어찌나 큰 위안이 되던지. 물론 현은 예상치 못한 나의 포옹에 다소 당황한 눈치였다.

"오느라 고생했네."

현 특유의 속을 모르겠는 미소와 나른한 말투. 변함이 없구나. 우리 사이의 시간은 고등학생 때에 멈춰 있는 듯했다.

현은 본인이 잡아뒀다는 기숙사로 나를 안내했다. 방학 땐 방이 비어 여행객들이 저렴하게 이용할 수 있는 숙소로, 현이 아니면 알 수 없던 꿀팁이었다. 기숙사 앞에 도착해 현은 경비 아저씨와 몇 마디 불어를 주고받더니 열쇠를 받아냈다. 나도 괜히 인사 한마디를 얹었다.

"Merci(감사합니다)."

아저씨에겐 미소를, 현에겐 발음이 좋다며 칭찬을 받았다. 할 줄 아는 불어가 '메르시'밖에 없다는 건 함정이지만.

두세 계단을 올라 받아온 열쇠로 방문을 열었다. 네모난 창 아래 커다란 책상과 일인용 침대, 플라스틱 옷걸이 몇 개가 걸린 작은 옷장이 있었다. 고개를 돌려 엄지를 치켜세우며 현에게 말했다. 메르시! 푸핫. 어이없다는 듯 웃는 현이었다.

"아, 맞다. 만창과 선배도 여기서 지내고 있어."

같은 고등학교 만화창작과 선배가 바로 옆방에 묵고 있었다. 일면식도 거의 없는 사이였지만 학교 선배라는 사실만으로 괜히 반가웠다.

현이 돌아가고 난 뒤, 나는 아껴뒀던 나가사키 짬뽕 두 봉지를 들고 옆방 문을 두드렸다.

"선배, 라면 드실래요?"

평소 같으면 절대 하지 않을 행동이었다. 나 홀로 여행은 티끌만 한 학연, 지연조차 매우 반가운 존재였나 보다.

선배도 나가사키 짬뽕이 내심 반가웠는지 재빠르게 휴대용 전기레인지와 냄비를 가져왔다. 낯선 사람에, 낯선 상황이었지만 눈앞에 끓고 있는 라면을 보고 있자니 아무렴 어떤가 싶었다. 이윽고 라면이 완성됐고, 우리는 입천장이 데는 줄도 모르고 허겁지겁 라면을 먹었다. 적막한 방 안이 후루룩후루룩 소리로 가득 찼다.

깨끗하게 비운 선배의 냄비 바닥을 보며 생각했다. 스트라스부르에서 어느 정도 자리를 잡았다던 선배도 꽤 외로웠구나. 어쩌면 이 라면이 선배에겐 니콜라의 카르보나라였을 수도 있겠다.

식사 후 설거지한 냄비와 전기레인지를 선배 방에 돌려주었다.

내 방으로 돌아와 책상 앞에 앉아 크고 네모난 창을 바라봤다. 까만 창밖엔 가위로 오려낸 것 같은 손톱달이 걸려 있었다.

하루의 3분의 2를 무려 버스 안에서 보낸 날이었다. 무사히 이곳에 두 발을 붙이고 있단 사실이 새삼 감사했다. 감사합니다. 정말 감사합니다. 신을 믿지 않는 나지만

이 여행에서만큼은 없던 신도 믿고 싶어졌다.

달을 보며 빌었다. 망해도 괜찮아요. 후회만 없게 해 주세요.

어색함도
여행의 몫

아침부터 배가 아파 눈이 떠졌다. 지난밤의 나가사키 짬뽕이 원인인 듯했다. 화장실로 달려가 시원하게 뱃속을 비우며 현이 보내놓은 문자를 확인했다.

'9시까지 기숙사 앞으로 갈게.'

현재 시각 오전 8시 45분. 헐레벌떡 준비를 마치고 기숙사 밖으로 뛰어나갔다.

스트라스부르는 크게 구도시와 신도시로 나눠져 있다. '올드타운'이라 불리는 구도시는 몇 백 년이 넘는 성당과 건물들이 그대로 보존되어 있는 관광지였고 신도시는 주로 스트라스부르 주민들이 살고 있는 주거 지역이었다. 현은 나를 관광 지역인 올드타운으로 안내했다.

어젯밤에 잠은 잘 잤는지, 아침은 먹고 왔는지 같은 스몰 토킹도 같이 걸은 지 10분 만에 바닥을 보였다. 날씨도 우리의 어색한 공기를 읽었는지 당장 비라도 쏟을 듯 우울한 얼굴을 내비쳤다. 쿨한 성격의 현은 이런 분위기를 전혀 신경 쓰지 않는 눈치였지만, '슈퍼 눈치러'인 나는 무슨 말이라도 해야 할 것 같아 안절부절못했다.

사실 조금 걱정했었다. 어색할 게 분명하다고. 현과 나는 꾸준히 연락해온 사이가 아니었다. 일정을 함께하는 동안 대화의 흐름이 끊기거나, 함께하기로 한 3일이 길게 느껴지면 어쩌나 싶었는데 아니나 다를까였다.

올드타운이 가까워질수록 거친 콘크리트 바닥이 울퉁불퉁한 돌바닥으로 바뀌었다. 마침내 올드타운에 도착하자 그제야 내 입에서 자연스러운 감탄사가 튀어나왔다. 현은 그런 나를 놓치지 않았다.

"멋있지? 저 건물은 800년이 넘었어. 네가 밟고 있는 그 돌바닥도 마찬가지고."

그때부터 현의 가이드가 시작되었다.

스트라스부르의 올드타운은 아기자기한 가게들이 옹

기종기 모여 있어서 걷기만 해도 좋아. 동화 속 한 장면 같지 않아? 저기 독일식 건물들도 눈에 띄지? 독일이 엄청 가깝거든. 이쪽 지역을 통틀어 알자스 지방이라고 하는데 화이트 와인이 특히 유명해. 아, 아침부터 술 생각나네. 매해 크리스마스 시즌에는 크리스마스 마켓이 열려. 마을 전체를 조명과 장식으로 꾸미고 수제 간식 같은 걸 팔아. 작년 크리스마스에 나도 뱅쇼 하나 샀다? 아, 뱅쇼 마시고 싶다. 이거 그때 찍은 사진이야. 진짜 예쁘지? 겨울에도 한 번 더 와. 마켓 열리는 시즌 즈음에.

얘기를 하다 보니 빵집 앞에 도착했다.

"여기가 스트라스부르에서 제일 유명한 빵집이야."

평소에는 줄을 서서 먹는다는 빵집엔 운 좋게도 손님이 없었다. 갓 구운 바게트 빵을 품에 안고 한 입 크게 베어 물었다. 따뜻하고 고소한 맛. 이렇게나 갑자기다. 기분이 좋아지는 거.

정오가 가까워지자 날씨 또한 좋아졌다.

스트라스부르에 오면 꼭 가봐야 한다는 노트르담 대성당에선 미사 합창을 들었다. 말로 형용할 수 없는 압도

적인 웅장함을 느꼈다(몇 년째 이곳에 살고 있는 현도 처음 봤다고). 점심으로는 슈크르트*shoucroute*(양배추절임 같은 요리로 알자스 지방의 김치랄까)와 타르트 플랑베*tarte flambée*(감자가 들어간 알자스식 피자)를 먹었다. 처음 먹어보는 음식이지만 익숙하게 맛있는 맛이었다. 그 식당에서 우리는 각자 맥주 두 잔씩을 비웠는데, 취기 덕이었는지 어느새 속 깊은 얘기까지 나누고 있었다.

다음 날, 현은 내가 묵는 기숙사에 찾아와 제육볶음을 만들어줬다. 얼마 만의 한식인가. 엄마가 챙겨준 소고기볶음고추장(좀처럼 개봉할 일이 없어 버릴까 싶었는데 땅을 치고 후회할 뻔했다)과 현의 요리 실력이 빛을 발하는 순간이었다.

나폴레옹의 첫 번째 아내에게 바쳐진 오랑주리 공원에서 피크닉을 하기도 했다. 처량하게 부슬비를 맞는 꼴이긴 했지만 여행이기에 나름대로 낭만이 있었다. 어느덧 우리는 많은 대화를 나눴다. 현의 전공이었던 영화와, 내 전공이었던 뮤지컬, 그동안의 근황과 연애사, 그리고 누구에게도 하지 않았던 가족 이야기까지. 어쩐지 새로운 친구가 생긴 기분이었다. 어색함은 완전히 걷혔다.

마지막 날 밤, 우리는 내가 묵고 있는 숙소의 창가 아래서 와인 한 병을 나눠 마셨다. 안주는 노랗게 잘 익은 노란색 멜론. 유난히 긴 유럽의 해가 그날따라 빨리 저무는 기분이었다. 창밖에선 따뜻한 바람이 불어왔고, 완전히 깜깜해진 밤하늘엔 쌀알 같은 별들이 총총 박혀 있었다. 적당히 취한 우리는 각자의 방식으로 널브러진 채 끊임없이 대화를 나눴다. 스트라스부르에 오지 않았다면 절대 없었을 순간이다. 어느새 다시 친구가 된 현에게 나는 이렇게 말했다.

"이 순간도 지나고 나면 엄청 그립겠지?"

PS. 그로부터 6년 뒤, 제주에서 만난 현은 프랑스 음식점을 운영 중이었다. 내게 해준 제육볶음이 괜히 맛있는 게 아니었다. 물론 우리의 술과 대화는 제주에서도 여전히 끊이지 않았다.

Shun.

나를
부끄럽게 만들었던
사람

스트라스부르에서 70km 정도 떨어져 있어 당일치기 여행이 가능한 콜마르는 〈하울의 움직이는 성〉의 배경이 된 곳으로도 유명하다.

콜마르에선 잠시 쉼표를 찍었던 카우치 서핑을 다시 하기로 했다. 호스트는 지금껏 한 번도 만난 적 없던 한국인 누나, 제이. 나보다는 한 살 더 많고 남자친구와 함께 살고 있었다.

제이 누나는 콜마르역까지 마중을 나와주었다. 곧게 묶은 까만 머리칼, 햇볕에 그을린 피부, 오랜 시간 운동으로 단련한 듯한 탄탄한 체구와 선하지만 올곧은 느낌의 흑갈색 눈동자. 내가 느낀 누나의 첫인상이다.

함께 집으로 걸어가는 길, 왠지 모를 강한 기운에 주춤한 나는 괜히 의례적인 질문만 던졌다. 이곳에 사신지는 얼마나 되셨어요? 뭐라고 부르면 될까요? 아, 맞다. 나이는 몇 살이에요? 프로필 보니까 나보다 한 살 많았던 것 같은데. 그러자 돌아온 답변. 그거 알아요? 이곳에서 나이를 묻는 사람은 한국인밖에 없어요. 아차차. 예상 밖의 답변에 내가 당황하자 누나는 가볍게 웃으며 대답을 이어갔다. 뭐라고 하는 건 아네요. 그냥 좀 아쉬워서요. 나이를 말하는 순간 어느 정도의 관계나 서열 같은 게 정리되는 느낌이잖아요. 친구가 되고 싶은 사람과의 시작이 그런 식인 건 아쉬워요. 대답을 듣고 나자 어쩐지 콜마르에서의 2박 3일 일정이 결코 평범치 않을 거란 예감이 들었다.

집 앞에 도착할 즈음, 우리는 어느새 서로 말을 놓고 대화하고 있었다.

제이 누나는 범상치 않은 사람이었다. 적어도 내 기준에서는. 나보다 겨우 한 살 많을 뿐인데 도저히 그 나이라고 믿기지 않는 관록을 가지고 있었다. 똑똑하다는 표현으로는 부족하다. 그냥 나와는 완전히 다른 세계에서 살고 있는 사람 같았다.

누나는 어려서부터 수많은 나라를 오가며 살았다고 했다. 여행도 얼마나 많이 다녔는지 심지어 4개 국어 능력자였다(그보다 더 할 수 있을지도 모른다). 대화를 할 때마다 깊이 있는 대답들이 쏟아졌다. 나와 내 주변 친구들에겐 관심 밖이었던 환경 문제나 종교, 사상에 관한 견해가 대화 속에 자연스레 스며 있었다.

지금까지 내가 만나본 사람 중 가장 어른인 것 같았다. 나보다 나이가 많다거나 똑똑하다는 사실을 떠나 행동 하나하나 전부 배우고 싶어지는, 닮고 싶은 어른 말이다. 결코 으스대는 법도 없었다. 대화를 할수록 속으로 아, 세상에, 맙소사를 외치게 만들 뿐이었다.

콜마르의 어느 노천 카페에서 누나가 내게 물었다. 만나보고 싶은 뮤지컬 배우가 누구냐고. 나는 기다렸다는 듯 가장 좋아하는 배우의 이름 석 자를 꺼냈다. 누나가 말했다. 한번 연락해 봐. 응? 이 무슨 터무니없는 소리.

누나는 말을 이어갔다. 내가 정말 좋아하는 작가가 있거든. 그분하고 한마디라도 나눠보고 싶어서 출판사 편집장한테 전화해서 끝끝내 연락처를 받아냈어. 그래서 진짜로 그 작가를 만났고 원하는 이야기도 나눴어. 안 될 게 뭐야?

틀린 건 없는 말이었다. 아무리 존경하는 사람이라도 그 역시 나와 같은 인간일 뿐이잖아. 내가 외계인을 만나겠다는 것도 아니고. 도대체 무엇이 안 된다는 편견을 떠안게 했던 걸까. 지금까지 금기라고 생각했던 무언의 약속들을 의심하게 된 순간이었다.

누나는 비건이기도 했다. 채식인들의 삶이 궁금해 몇 가지 질문을 건네자 난생처음 듣는—아니, 어쩌면 보고도 그냥 지나쳤을—환경 문제와 비윤리적인 축산업에 대한 이야기를 들을 수 있었다. 인도의 오로빌 같은 '대안적 삶'을 살아가는 자급자족 공동체의 존재 또한 알게 되었다. 그간 내가 얼마나 좁은 울타리 안에서 살았는지 깨달았다. 새로운 세계에 대한 호기심과, 동시에 커다란 숙제를 떠안은 기분이었다.

Shun.

누나와 함께 있는 시간이 길어질수록, 나누는 대화가 많아질수록 나는 점점 조용해졌다.

내가 너무 초라해 보였다. 나와 겨우 1년 차이일 뿐인데 그동안 자신만의 단단한 세계를 건설해놓은 누나가 마냥 대단했다. 나도 나름대로의 세계를 잘 구축해왔다고 여겼는데, 비교하기 시작하니 스스로가 어쩐지 너무 형편없이 느껴졌다. 뺏어간 사람은 없는데 뺏긴 것만 가득한 허무한 박탈감이었다.

마지막 날이 되었다. 짐을 싸 들고 콜마르 기차역으로 향했다. 역까지 함께 와준 누나는 조심히 가라며 작별 인사를 건넸다.

다음 도시는 프랑스 남동부 프로방스 지방에 위치한 아를이었다. 아를은 고흐가 사랑한 도시로, 우리가 익히 아는 〈밤의 카페 테라스〉, 〈고흐의 방〉 같은 작품의 배경이 된 곳이기도 하다. 서양 미술사상 가장 위대한 화가, 그러나 생전 단 한 점의 그림만 팔렸던 화가, 빈센트 반 고흐. 그의 슬픔 속에서 피어난 수많은 붓 자국의 고향을 내 발로 직접 밟아보고 싶어 결정한 도시였다.

허리춤에 맨 히프색 안에서 미리 인쇄해온 꼬깃꼬깃한 티켓을 꺼내 매표소 직원에게 건넸다. 직원은 티켓을 받아들고 한참을 쳐다봤다. 이내 난감한 표정을 짓더니 손을 저으며 다시 돌려주었다. 이건 또 무슨 상황이지. 내가 우물쭈물하자 뒤에서 보다 못한 누나가 다가와 직원과 불어로 몇 마디를 주고받았다. 무언가 상황이 심상치 않은 것 같았다. 설마 내가 또 예약을 잘못한 건가? 아니, 그럴 리 없는데. 열 번도 넘게 확인했는걸. 또다시 비행기 노쇼의 악몽이 머릿속을 스쳐 지나갔다. 그 서늘한 공포, 또 느끼고 싶지 않아. 불길하다, 불길해. 불길한 예감은 결코 틀리는 법이 없는데. 아닐 거야. 아닐 거야….

이윽고 직원과 대화를 마친 누나가 말했다.

"오늘 프랑스 철도청 파업이래."

어디든
길은 있어

교통 운이 지지리도 없다.

출발부터 비행기를 놓쳤다. 고속열차는 잘못 예약해서 열 시간이 넘는 이동 거리를 버스로 이동했다. 그런데 이번엔 철도청 파업이란다. 오늘은 한정적으로 일부 노선만 운영하는데, 내가 예약한 아를행 기차는 거기서 제외되었단다. 아를에 가고 싶으면 3일 뒤에나 열차 운행이 재개될 것이며 그마저도 확실치 않단다. 여기까지가 누나가 전해준 매표소 직원의 말. 이제는 화도 나지 않았다. 백지장이 된 얼굴로 서 있을 뿐이었다.

"어떻게 할 거야?"

멍하니 서 있는 내게 누나가 물었다.

"…잘 모르겠어. 어떻게 해야 하지?"

신이시여. 도대체 이 여행으로 제게 어떤 교훈을 주시려는 겁니까. 놓친 건 비행기 하나로 족하지 않습니까. 설마 지금이라도 이 여행을 멈추라는 계시인 겁니까. 그냥 짐 싸 들고 공항으로 갈까요? 아, 그런데 말이죠, 새로 구입한 비행기표는 귀국 날짜 변경이 안 돼요. 돌아가고 싶어도 한 달 뒤에나 돌아갈 수 있단 말입니다.

예상이라도 했다면 플랜 B, C라도 세워뒀을 텐데, 철도청 파업이라니. 전혀 예상치 못한 시나리오였다. 어떻게 이렇게 예측 불가능한 시나리오일 수 있담.

"맥주 한잔할까?"

정신 줄을 놓은 내가 안쓰러웠는지(혹은 답답했는지) 보다 못한 누나가 입을 열었다.

"가자. 맥주 한잔하면서 어떻게 할지 생각해 보자고."

카페에 도착해 야외 자리에 앉았다. 주문을 마치고 누나가 먼저 입을 열었다.

"수훈아."

고개를 들어 누나의 얼굴을 바라봤다. 처음 보는 단호

한 표정이었다.

"정신 차려."

"응?"

"정신 차리라고. 언제까지 그렇게 멍하니 있을 거야?"

2박 3일간 보았던 누나와는 조금 다른 모습이었다. 정신 줄을 놓은 채 멍 때리는 내 모습이 답답했던 건지, 아님 물가에 내놓은 애 같아 걱정됐던 건지 누나는 평소와 다른 단호한 말투로 말을 이어갔다.

"너 오늘은 어디서 잘 거야? 우선 그것부터 해결해야 하는 거 아냐? 내가 오늘 우리 집에서 널 재워줄 수 있을지, 없을지도 모르는데 그렇게 멍하니 있으면 무슨 일이 해결되니?"

얼굴이 귀 끝까지 붉어졌다. 누나 앞에선 이미 한없이 작은 사람 같았는데 이로써 그 사실이 한 번 더 증명되는 듯했다. 쥐구멍이라도 있으면 당장 숨고 싶었다.

"아, 맞다. 미안해… 그걸 생각 못 했네. 혹시 오늘 하루만 더 신세 져도 될까…?"

"나한테 미안해하라고 한 얘기는 아냐. 물론 오늘이든 내일이든 재워줄 수 있어."

갈 곳을 잃은 내 시선은 다시 바닥에 고정되었다. 애꿎은 입술만 괜히 물어뜯었다.

"정신 차리라고. 프랑스에서 철도 파업은 엄청 흔한 일이야."

이윽고 주문한 맥주 두 잔이 나왔다. 콜마르에 왔던 첫날, 누나가 추천해준 달콤한 맛이 나는 맥주였지만 어쩐지 쓴맛만 느껴졌다.

"꼭 열차로 이동해야 한다고 생각하지 마."

"…그게 무슨 말이야?"

"열차가 아니어도 된다고. 지금 당장 중고 자전거 하나 사서 자전거로 이동해도 되잖아. 자전거 중고로 사면 그렇게 비싸지도 않아. 걸어서 갈 수도 있고, 지나가는 차 붙잡아 탈 수도 있어. 유럽에선 히치하이킹으로 여행하는 사람들도 많아. 어디든 길은 있어, 수훈아. 잊지 마. 뭐든 시도해볼 수 있는 법이야."

순간 머리를 한 대 얻어맞은 것 같았다. 그러게 말이다. 나는 왜 내가 정해놓은 길 외에 다른 길은 없다고 여겼을까.

남아 있던 맥주잔을 깨끗이 비웠다. 고개를 들고 누나의 얼굴을 똑바로 바라봤다. 한 번도 해본 적 없는 방식의 여행. 염두에 둔 적도 없는 말도 안 되는 계획들. 무작정 자전거를 탄다고? 아니면 그냥 걸어서? 낯선 사람의 차를 얻어 탈 수도 있다니. 얼토당토않다고 여겼던 이야기들이 사실은 실현 가능한 일이라 생각하자 심장이 뛰기 시작했다. 그것도 아주 빠른 속도로.

세상에. 생각지도 못했던 완전히 새로운 선택지가 생겨버렸다.

일단 역에서 가까운 자전거 매장으로 가서 중고 자전거를 살피기 시작했다. 마음은 벌써 자전거 여행으로 굳어졌다. 마음에 드는 파란색 자전거를 골라 가격을 물었다. 생각보다 비쌌다. 하지만 남은 여행지들로 향하는 교통비와 비교하면 엄청난 절약이었다. 그럼에도 결정이 쉽지 않았다. 막상 자전거 여행을 현실이라고 여기자 수십 가지 질문들이 뒤따라왔다.

'미리 예약한 교통편은? 또 그 돈 버리는 거야?', '너 불어 잘해? 영어는?', '캐리어는 어쩔 거야? 그거 누나가

여행 선물로 사준 거잖아. 설마 자전거 짐받이에 실릴 거라고 생각하는 건 아니겠지?'

결국 아무것도 사지 못한 채 자전거 매장을 나왔다.

다시 발걸음이 무거워졌다. 또 한 번 스스로와 타협한 것 같아 잠깐 주눅이 들었지만 아까보다 막막하진 않았다. 제이 누나에게 민폐를 끼치지 않기 위해서라도 서둘러 '다음'을 선택해야만 했다. 아주 능동적으로.

결국 고민 끝에 결정을 내렸다. 언제 운행할지 모르는 아를행 열차를 손 놓고 기다릴 순 없으니 다른 곳에 가기로. 물론 열차 운행이 가능한 곳이어야 했다.

마음에 꽂힌 곳은 안시였다. 콜마르역으로 가서 제이 누나의 도움을 받아 안시행 열차표를 끊고, 집에 돌아와 안시에 대한 정보를 찾아보기 시작했다. 아름다운 호수로 둘러싸인, 프랑스인들이 가장 살고 싶어 하는 도시 1위에 꼽혔다고 했다. 아를은 가지 못하게 되었지만 아무렴, 이 또한 다시없을 경험이라 생각하니 제법 위로가 되었다.

안시에 사는 카우치 서핑 호스트들에게 쉴 새 없이 메시지를 보내며 콜마르에서의 마지막 밤은 빠르게 저물었다. 이불 위에 누워 천장을 바라보니 어쩐지 큰 숙제를 껴안은 기분이었다.

'어디든 길은 있어. 뭐든 시도해볼 수 있는 법이야.'

누나의 그 한마디가 나를 무겁게 짓눌렀다. 이 여행이 어디로 흘러가야 하는지 어느 정도 가늠할 수 있을 것 같았다.

'그래, 이다음엔 도전을 해보자.'

04

마냥
망하라는 법은
없다

훔친 건 없지만 도둑입니다

아침에 일어나니 한 부부에게서 답장이 와 있었다. 안시의 카우치 서핑 호스트였다. 내가 요청한 3일은 힘들지만 이틀 정도 재워줄 수 있다고 했다. 오늘 밤 잘 곳이 생겼다는 사실에 가슴을 쓸어내렸다.

안시로 가는 테제베에 몸을 실었다. 중간에 리옹에서 내려 갈아타야 하는 일정이었다. 좌석에 자리를 잡고 앉으니 처음으로 한국에 돌아가고 싶다는 생각과 함께 나 자신에 대한 실망감이 밀려왔다.

멘토가 되어줬던 제이 누나의 뼈를 때리는 한마디 한마디가 끊임없이 머릿속을 맴돌았다. 새로운 도전을 해

보고 싶은 욕구는 턱 끝까지 차올랐는데 막상 불을 지필 용기가 없었다. 스스로와 타협한 결론인 열차 이동이 찝찝했다. 아마 그 찌질함이 계속해서 밀려오는 자괴감의 원인이었을 테다.

콜마르는 제이 누나로 기억될 도시다. 거창하게 표현한다면 누나는 내게 삶의 의미를 다시 생각하게 하는 불씨가 되어주었다. 정해진 규칙대로만, 시키는 대로만 하면 잘한다, 착하다는 평가를 듣고 살았던 나의 세계에 던져진 새로운 물음이자 숙제였다. 누나 앞에만 서면 발가벗은 어린애가 되어버린 듯했던 기분을 잊지 않기로 했다. 우연히라도 누나를 다시 만난다면, 지금보다 성장한 모습을 보여주고 싶었다.

리옹에 도착했다. 갈아타야 하는 열차까지는 약 40분 정도의 여유가 있었다.

아침을 제대로 못 챙겨 먹고 나와 제법 출출했다. 구글맵을 검색해보니 가까운 거리에 대형 마트가 있었다. 40분이라는 시간이 조금 애매했지만 서둘러 다녀오면 간단하게 먹을 것을 살 수 있을 듯했다.

아니, 절대 그렇지 않아. 그냥 가만히 앉아서 다음 열차나 기다려—라고 소리치는 나의 깊은 내면의 자아(아마 비행기를 놓치면서 태어난 녀석 같다)를 외면해선 안 되었다. 결국 여기서 또 하나의 어이없는 사건이 터져버렸다.

마치 영화 같았다. 복선까지 어쩜 그렇게 완벽했는지. 처음부터 끝까지 모든 게 이어져 있었다.

낑낑대며 캐리어를 끌고 마트에 도착한 나는 갈릭 크림치즈를 찾고 있었다. 스트라스부르에 머물 때 현과 함께 먹었던 거다. 너무 맛있어서 나중에 또 사 먹고 싶었는데 그게 꼭 그날이어야 했나 보다.

매장이 생각보다 너무 커서 거의 달리다시피 크림치즈를 찾아 헤맸다. 드디어 그 크림치즈를 찾아 콜라 한 병과 바게트까지 챙겨 계산대로 뛰어갔다. 열차 출발 시각까진 약 20분 정도 남아 있었다.

계산을 기다리고 있는 손님은 두 명이었다. 첫 번째 손님이었던 아주머니는 일주일 치 장을 한꺼번에 보셨는지 계산대 위에 물건을 산더미처럼 쌓아놓기 시작했다. 마트 직원은 또 왜 이렇게 여유로운 건지, 물건들에 마사지 해주듯 바코드를 찍었다. 이전 손님의 결제가 끝나기도 전에 다음 손님 물건에 바코드를 찍는 스피디한 우리나라 마트 풍경과 사뭇 달라 당황스러웠다.

아주머니의 계산이 끝나고 다음 손님인 아저씨 차례가 되었다. 아저씨의 장바구니 속 물건은 하나뿐이었다. 다행이다 싶었다. 아무리 느리게 계산해도 여유가 있을 것 같았다. 아니, 그런데 이게 무슨 일이람? 아저씨가 수표를 내민다. 기계가 수표를 못 읽는다. 직원이 두 번, 세 번, 네 번 시도해보지만 소용이 없다. 식은땀이 흐르기 시작했다. 열차 출발 시각까진 10분 남았다.

결국 계산을 포기했다. 카트에 담은 물건들을 전부 제자리에 갖다 놓고(잊으면 안 된다. 이 모든 과정이 그 큰 캐리어를 끌고 다니면서 진행됐음을) 매장 밖으로 부리나케 뛰어가려… 했는데… 아아, 입구에 서 있는 가드에게 붙잡혔다. 까만 경찰복을 입은, 내 몸의 두 배는 될 것 같은 두 명의 가드 아저씨들. 없던 잘못도 고백해야 할 것 같은 비주얼에 압도당했다.

그들은 내 파란 캐리어를 가리켰다. 아차차. 금방 상황

파악이 되었다. 커다란 가방을 갖고 매장에 들어왔다가 아무것도 사지 않고 급하게 뛰어나가는 외국인 여행객은 절도범으로 오해받기 딱 좋은 조건이구나. 나는 결백했다. 아주 당당하게, 맘껏 뒤져보라며 캐리어를 내어주었다. 그런데 세상에. 캐리어 앞쪽 주머니에서 뜯지도 않은 병맥주가 세 병이나 나오는 게 아닌가.

등에서 식은땀이 흐르며 정신이 아득해졌다. 도대체 저기서 뜯지도 않은 병맥주가 왜 나오는 거야?

기억났다. 캐리어에서 등장한 정체 모를 병맥주의 출처.

스트라스부르였다. 현과 함께 마시기 위해 사다 놓았던 병맥주 한 짝. 결국 다 마시지 못해 아쉬운 표정을 짓자 현이 말했다.

"가져가서 마셔."

마다할 내가 아니었다. 그럼 되겠구나 싶어 캐리어 안에 병맥주를 꾸역꾸역 집어넣었다.

그 병맥주가 지금 내 눈앞에 있었다. 커다란 덩치의 두 가드 손안에 말이다. 그중 한 명이 물었다.

"이게 뭐야?"

당황한 나머지 어버버하며 자초지종을 설명했다. 이건 맥주와 마신 친구, 아니, 친구와 마신 맥주, 아니, 아니, 그러니까 이 매장에서 가져온 게 아니고… 그렇게 쳐다보시면 당장이라도 날 생매장하겠다는 의미 같은데, 아니, 아니, 이게 아니지…. 손목을 들어 시계를 확인했다. 열차 출발까지 6분 남았다. 나도 모르게 육두문자가 튀어나와 버렸다.

"아, 시발!"

"What?"

"오, 노노. 쏘리. 애니웨이 암 비지!!!"

나는 손가락으로 손목시계를 가리켰다가 달리는 모션을 취하며 열차 시간이 가까워졌음을 온몸으로 설명했다. 거의 가족오락관이었다. 그러나 두 사람은 목석처럼 아랑곳하지 않았다.

둘은 맥주에 붙어 있는 라벨 이곳저곳을 살피더니 무전기로 어딘가에 호출했다. 열차 출발까지는 5분 남았다. 나는 거의 울기 직전이었다. 이때부터는 아무것도 보이지 않았다. 결국 그냥 무릎을 꿇었다.

"Please… I didn't steal. That's mine!!!!!(제발… 나 아무

Edelweiss
Edelweiss
Shun.

것도 안 훔쳤어요. 그 맥주 내 거라고!!!!!)"

곧 무전기로 답신을 받은 두 가드는 서로 중얼중얼 얘기를 나누더니 내게 다시 맥주를 건네줬다.

"You can go(그만 가봐)."

석방되는 기분이 이런 건가. 기뻐할 여유도 없었다. 출발 시각까지 3분 남았다. 할 수 있는 거라곤 달리는 일뿐이었다. 비행기를 놓치기 전 인천공항을 트랙 삼아 달렸던 그때처럼.

나는 또다시 달렸다. 크고 무거운 파란 캐리어와 함께. 캐리어를 끄는 것은 사치. 온몸으로 부둥켜안은 채 전쟁통에 쏟아지는 총알을 피해 달리듯 정말이지 미친 사람처럼 달렸다.

수많은 인파를 헤집고 나와 열차 플랫폼에 도착했다. 옆으로 고개를 돌리니 내가 타야 할 열차가 막 출발 신호를 울리고 있었다. 서둘러 몸을 실었다. 그제야 거친 숨을 몰아쉬었다. 땀이 비처럼 쏟아졌다. 손목을 들어 시간을 확인했다. 정각. 1분의 오차도 없는 출발 시각이었다.

곧바로 열차 문이 닫히면서 기관사의 출발 멘트가 흘러나왔다. 창밖의 풍경이 점점 빠르게 멀어져 갔다. 이 망한 여행, 이름값 한번 제대로 하는구나.

이제야 깨닫는 여행하는 법

안시로 가는 열차 안. 땀은 식었고, 거친 숨은 돌아왔다. 나는 다시 노란 일기장을 펼쳐 무언가를 적어 내려가기 시작했다.

여행하는 법

언제 가게 될지 모를 다음 여행과, 이후의 행보를 위해 적어둔다. 지금까지 여행을 다니며 내가 터득한 여행 팁이다.

① 캐리어 금지

어디선가 봤던 기억이 있는데, 여행자의 짐은 곧 인생

의 무게라고 했다. 이 캐리어, 정말이지 지금 내 인생의 무게가 아닐 수 없다. 특히 나 같은 장기 여행자는 이동에 상당한 제약을 받는다. 아까 같은 위급한 상황에선 강물로 던져버리고 싶은 존재가 되기도 한다.

② 최소한의 짐만 챙기기

위와 같은 맥락의 이야기이다. 여기서 말하는 '최소한'은 정말 이 여행에서 꼭 필요한 것만을 이야기하는 것이다. 여권만 있어도 된다. 너무 극단적인 예시이긴 하지만 그만큼 너무 많은 것을 준비해서 올 필요가 없다는 뜻이다.

이곳도 사람 사는 곳이다. 사람이 사는 데 필요한 모든 것이 이미 이곳에 준비되어 있다.

③ 최악의 상황은 피할 수 없다. 하지만 최선의 상황은 내가 만들 수 있다.

무엇보다 항상 긍정적으로 생각하는 게 중요한 것 같다. 그래야 그 에너지 주위로 좋은 사람이 몰릴 테니.

④ 시도하자. 시도를 안 해봤을 뿐이다. 일단 해보고 안 되면 다른 시도를 해보자. 내가 생각하는 것보다 길은 수없이 많다.

⑤ 내가 가진 자원을 활용하자.

제이 누나가 해준 말이기도 하다. 자원이라 하면 내가 가진 재능을 말한다. 난 그림을 그리고 노래를 할 줄 안다. 사지도 멀쩡하다. 설거지든 잡초 뽑기든 시키는 건 뭐든 다 할 수 있다. 이것이 내가 여행에서 활용할 수 있는 나의 자원이다. 돈이 없으면 이 자원들로 재화를 대신하면 된다.

⑥ 절대 준비하지 말자.

"인생은 언제나 예측불허, 그리하여 생은 그 의미를 갖는다." 만화가 신일숙 작가님의 『아르미안의 네 딸들』에 나오는 명대사다. 준비를 해도 내 뜻대로 흘러가지 않는 것이 인생이라 하는데, 하물며 여행이라고 다르겠는가. 이곳에 와서 가장 후회하는 것을 하나 꼽으라면, '너무 많이 준비하고 왔다'는 것이다. 내가 준비했어야 하는 것은 딱 한 가지였다. '다 된다'는 마음 하나.

기차표며 비행기표며 너무 많이 예약해놓고 오는 바람에 내 마음 가는 대로 움직일 수가 없다. 니콜라의 집에서는 예정보다 더 머물고 싶었고, 암스테르담에서는 하루빨리 벗어나고 싶었다. 교통편을 이미 전부 예약해뒀기에 그러지 못했다. 완벽하게 준비했다고 생각했지만 여행에 완벽이란 없었다.

가장 기억에 남는 순간 또한 계획에 없던 우연의 순간들이다. 이쯤 되면 여행이란 우연의 합이 아닐까. 예측할 수 없었던 순간들은 평생 잊지 못할 의미가 되어 가슴속에 박혔다. 역시 여행은 예측불허, 그리하여 의미를 갖는가 보다.

간이 테이블에 코를 박고 글을 쓰다가 고개를 들어 창밖을 보니 믿을 수 없이 아름다운 풍경이 펼쳐져 있었다. 코발트블루 물감을 풀어놓은 푸른 하늘과 끝이 보이지 않는 녹색 초원. 그 사이에 꽃처럼 피어난 빨갛고 노란 지붕, 열심히 풀을 뜯는 젖소들. CF 속 그림 같은 풍경을 하염없이 바라봤다. 이래서 사람들이 그토록 사랑하나 보다. 예측불허투성이인 이 여행을 말이다.

내 맞은편 자리에 안경을 쓴 아주머니가 앉아 계셨다. 눈이 마주치자 서로 수줍게 웃었다.

용기를 내 아주머니에게 말을 걸었다. 서로 다른 언어 때문에 말은 잘 통하지 않았지만, 아주머니는 반가운 표정으로 어떻게든 나의 이야기를 이해하려고 했다.

길지 않은 대화였지만 따뜻한 온기가 오고 갔다. 이 우연한 만남에 새로운 의미를 두고 싶어 아주머니께 북마크를 선물했다. 인사동에서 직접 고른 것이다. 책을 읽을 때마다 기억해주시겠지. 기차에서 우연히 만난 한국인 청년을.

나의
프랑스 아빠, 엄마

'하나를 보면 열을 안다'는 말을 별로 좋아하지 않는다. 한 가지 면으로 상대방을 정의 내릴 수 있다는 뜻으로도 읽히기 때문이다. 편식하는 사람은 무조건 까탈스러운 사람일 거라고 결론짓는 것처럼 말이다.

그럼에도 여행을 다니다 보면 이 말에 매달릴 수밖에 없는 순간들이 생긴다. 그것은 생존 본능과 연결된다. 작은 순간에도 위험이 감지되면 상대방을 곧 잠재적 범죄자로 파악해버리는 것이다. 예를 들면 런던에서 다니엘 아저씨가 부탁하지도 않은 내 속옷까지 빨래를 해놨을 때 나는 이상함을 느꼈다. 그때부터 그의 호의를 무조건적인 것으로 받아들이지 못했다. 범죄자까지는 아니더라도 잠재적인 무언가로 그를 정의 내렸던 것이다.

나는 이런 직감에 있어서 결코 둔한 편이 아니다. 아니, 오히려 평균보다 더 예민한 것 같기도 하다. 문제는 기척 없이 찾아온 이러한 직감을 애써 무시하려는 태도다. 하나만 보고 평가해선 안 된다고 스스로에게 재차 세뇌시킨다. 더군다나 빚을 져가며(남의 집에서 신세를 지며) 여행하고 있는 자발적 을이 되어버린 이 여행 안에선 더욱 그러할 수밖에 없었다.

그러나 예외도 있었다. 나의 프랑스 아빠, 엄마. 파스칼과 나탈리 부부를 만났을 때처럼.

안시역에 도착하자마자 긴장된 마음으로 카우치 서핑 호스트와 메시지를 주고받았다.

호스트의 이름은 나탈리. 리뷰는 하나뿐이지만 긍정적인 내용이었고, 프로필에 화목해 보이는 중년 부부의 사진이 걸려 있었던 터라 조금은 가벼운 마음이어도 될 것 같았다.

나탈리 아주머니는 안시역에 미리 마중을 나와 계셨

다. 덕분에 차에 짐을 싣고 편하게 이동할 수 있었다.

이날 나는 세 번 정도 적잖이 놀랐다.

첫 번째는 크고 넓은 집 때문이었다. 심즈 게임에서나 볼 법한 엄청난 크기와 쾌적한 컨디션으로, 화장실이 네 개나 있고 집 앞 정원의 작은 연못에는 잉어들까지 풀어 놓았다.

나탈리 부부는 나 혼자 쓰라며 방 하나를 통째로 내어주었다. 커다란 창밖은 보기만 해도 싱그러운 정원의 녹음으로 가득했다.

두 번째는 이들 부부가 카우치 서핑을 하는 이유 때문이었다.

"어쩌다 카우치 서핑을 하게 됐어요?"

나탈리 아주머니의 남편인 파스칼 아저씨에게 물었다.

알고 보니 두 사람은 젊어서부터 시간만 나면 여행을 다니던 여행자 커플이었다. 이젠 여행을 다닐 여력이 되지 않아 무료해하던 중 딸이 알려준 카우치 서핑을 시작하게 되었다고.

나는 그들의 겨우 두 번째 손님이었다. 프로필에 딱 하나 올라와 있던 긍정적인 리뷰가 떠올랐다.

이야기를 듣고 나니 집 안 곳곳에 있는 액자 속 사진들도 달리 보였다. 사진 속에는 배낭 하나 메고 여행을 다니던 젊은 시절의 파스칼, 나탈리 부부가 있었다.

마지막 세 번째는 이 가족의 친화력 때문이었다. 이 가족이 특이한 건지, 혹은 문화 차이인 건지는 잘 모르겠다. 그간 내가 겪어온 것과는 남다른 속도(?)의 친화력이라 많이 낯설었던 것 같다.

이날은 마침 나탈리네 가족 모임이 있는 날이었다. 저녁 시간이 가까워지자 나탈리 부부의 딸을 비롯한 몇몇 친인척이 한 집에 모였다. 정신을 차리고 보니 나도 그들 사이에 앉아 있었다.

마당에서 바비큐 파티를 하며 와인을 나눠 마셨다. 여러 얘기를 주고받다 나중엔 취기에 노래까지 불렀다. 나탈리 부부의 딸 레나는 이런 내가 재밌었는지 친구들과 가기로 한 영화제에 나를 데려갔다. 때마침 '애니메이션계의 칸 영화제'라 불리는 안시 애니메이션 페스티벌이 열리는 기간이었다. 멋진 우연이었다.

레나의 친구들에게 둘러싸인 채 잔디밭에 앉았다. 큰 스크린 뒤로는 안시의 거대한 호수가 펼쳐져 있었다. 스크린 위에 처음 보는 프랑스 애니메이션이 상영되었다. 사정없이 쏟아지는 불어에 대책 없이 눈꺼풀이 무거워졌다. 레나의 착한 친구 한 명은 그런 내 상황을 아는지 모르는지 애니메이션 내용을 열심히 영어로 번역해주었다. 호수의 밤바람은 또 어찌나 차가운지. 이제 와서 밝히지만 참 괴로운 시간이었어, 착한 친구야.

돌이켜 생각해 보면 참 신기하다. 우리집 가족 모임에 낯선 외국인을 데리고 와 함께 식사한 것과 다를 게 없지 않은가. 그 외국인이 취해서 갑자기 노래까지 하는 상황이라니. 식사 뒤엔 내 친구들과의 약속에 그 외국인을 데리고 가는 거다. 친구들은 그 외국인을 원래 알던 사람인 것처럼 너무나 편하게 대한다.

이러나저러나 나의 놀람 포인트는 모두 긍정적인 쪽이었다. 확신했다. 이거… 로또구나.

이 모든 시작은 나탈리, 파스칼 부부의 첫인상에서부터였다. 순수함 그 자체였던 맑고 투명한 그들의 미소. 그들과 처음 인사를 하며 건네받은 그 미소를 통해 이번 한 번쯤은 하나만 보고 열을 판단해버리고 싶었다.

그 확신은 그들과 함께한 시간이 끝날 때까지, 아니, 몇 년이 지난 지금까지도 변함없는 형태로 내 가슴속에 박혀 있다.

Shun.

600km,
내 인생
첫 히치하이킹

다음 목적지는 니스였다. 니스는 프랑스 남부에 위치한 푸른 바다가 있는 도시로, 프랑스인들이 바캉스 시즌에 많이 찾는 곳이다.

문제는 또 교통이었다. 안시에서 행복하게 지내는 동안 '될 대로 돼라'라는 식으로 니스행 교통편을 알아보지 않았다. 아니, 알아볼 엄두를 내지 못했다. 잠깐 본 기차표값만 해도 10만 원이 넘었으니까…. 콜마르의 제이 누나로부터 피어난 근거 없는 용기도 한몫했다.

'표가 없으면 걸어가면 되지. 지나가는 차 붙잡아서 타도 되고.'

안시에서의 마지막 날 밤. 나탈리 부부와 커다란 식탁 앞에 앉아 차를 마시며 다음 여행 계획에 대한 이야기를 나누었다. 나탈리 아주머니가 니스까지는 어떻게 갈 거냐고 물어왔다.

"히치하이킹하려고요!"

이 계획은 반은 맞고 반은 아니었다.

콜마르에서 제이 누나를 만나고 난 뒤, 나는 어떤 형태로든 도전하고 싶은 욕심이 생겼다. 때마침 안시에서 니스까지는 예정된 교통편이 없었고, 이거야말로 그 도전을 실천할 더할 나위 없는 기회였다.

동시에 무서웠다. 내게 히치하이킹이란 여행 고수들이나 할 수 있는 최고난도의 여행 방식이었다. 때문에 내가 히치하이킹을 하겠다 하면 나탈리 부부가 적극적으로 말리며 도움을 주길 바라는 마음도 있었다.

나탈리 부부의 반응은 내 예상과 전혀 달랐다.

"아주 좋은 생각이야!"

예상 밖의 대답에 당황한 내 표정과 상관없이 아주머니는 말을 이어갔다.

"프랑스는 히치하이킹하기 아주 좋은 곳이야."

가만히 듣고 있던 파스칼 아저씨가 기다렸다는 듯 어디선가 앨범을 가지고 왔다. 앨범 안에는 히치하이킹을 하고 있는 젊은 나탈리 부부의 사진이 있었다.

"우리도 히치하이킹으로 여행 많이 다녔어."

이거 정말 빼도 박도 못하게 되었다.

파스칼 아저씨는 커다란 세계지도와 종이 상자, 그리고 검은색 마커를 가지고 왔다. 종이 상자에서 글씨가 적혀 있지 않은 깨끗한 부분을 오려내며 말했다.

"팻말부터 만들자."

그리하여 시작됐다. 안시에서 니스까지 600km, 내 인생의 첫 히치하이킹.

나탈리 부부는 히치하이킹을 위한 상세한 루트를 만들어줬다.

히치하이킹에도 준비가 필요했다. 충동적인 선택이라고 해서 그 과정까지 전부 충동적일 필요는 없다. 준비할 수 있는 건 최대한 해놔야 돈과 시간, 무엇보다 체력을 아껴 나중에 마주할 막막함에 대비할 수 있다. '지나가는 차를 잡아서 타면 되겠지'라는 안일한 나의 생각만으

NICE
Shun.

로 움직였다면 유럽의 뙤약볕에 찐 감자가 될 뻔했다.

안시에서 니스까지는 대략 600km로 서울에서 부산까지의 거리보다 더 멀다. 첫 히치하이킹으로 이 장거리를 선택한 나 자신이 애석하면서도, 무모한 (그리고 무식한) 용기가 어처구니없었다.

우리는 꽤 늦은 시각까지 머리를 맞대고 박스 위에 도시명을 적어가며 팻말을 만들었다. 안시에서 그르노블까지, 그르노블에서 엑상프로방스까지, 엑상프로방스에서 칸까지, 그리고 칸에서 마지막 목적지인 니스까지. 잘 안 보이면 어쩌나 싶어 크고 굵은 글씨로 꾹꾹 눌러 적었다. 어찌나 힘을 세게 줬는지, 마지막 팻말을 만들 즈음엔 마커의 잉크가 다 말라서 더 이상 나오지 않았다.

• • • • •

히치하이킹 당일은 마침 '아버지의 날*father's day*'이었다. 부모님을 찾아뵙기로 한 나탈리 부부는 아침부터 매우 분주해 보였다. 그들과 함께 차를 타고 이동했다. 이윽고 수많은 차가 빠져나가는 톨게이트 앞 히치 포인트

(히치하이킹을 할 수 있는 적당한 장소. 대부분 톨게이트 앞이나 휴게소 앞 등 차가 설 수 있는 장소를 추천한다)에 도착했다. 차에서 내리니 운전석에 앉아 있던 파스칼 아저씨도 따라 내렸다. 짐까지 다 내리고 아저씨는 내 양어깨를 붙잡은 채 마지막 인사를 건넸다.

"슌, 명심해. 히치하이킹에서 필요한 건 딱 한 가지야."

"그게 뭔데요?"

"SMILE."

'스마일'이라는 말과 함께 세상 무해한 미소를 지어 보이는 파스칼 아저씨. 그의 뒤로 후광이 비쳤다.

그만 눈물이 터져 나올 뻔했다. 낯선 사람에게 어떻게 이렇게까지 친절할 수 있을까.

나탈리 아주머니와도 포옹하며 작별 인사를 했다. 두 사람은 정말 다음 일정이 급했는지, 차 문을 닫자마자 눈앞에서 사라져버렸다.

이제는 정말 혼자가 되었다. 남은 거라곤 커다란 파란색 캐리어와 양어깨에 짊어진 배낭, 그리고 멀쩡한 나의 팔다리뿐이었다.

살면서 가장 길게 느껴진 10분이었다. 마치 벌거벗은 이 기분. 억지 미소를 유지하던 얼굴에는 경련이 일어나기 시작했고 피부는 새빨갛게 익어갔다. 설렘과 떨림이 후회로 바뀌는 것도 머지않아 보였다. 이것이, 내가 히치하이킹을 시작한 지 10분 만에 느낀 감상이다.

이렇게 오랫동안 억지 미소를 지어본 적이 또 있었던가. 돈가스와 소시지를 팔 때도 이렇게 웃어본 적은 없었다.

한 10분 더 서 있었을까, 잠시 이상한 표정으로 얼굴 근육을 풀어주던 중 내 앞으로 차 한 대가 섰다. 아니, 열심히 웃을 땐 하나도 안 서더니 이게 무슨 일이람.

차의 운전석에는 스포티한 헤어스타일의 프랑스 청년이 앉아 있었다. 어디를 가냐고 묻는 그에게 어젯밤 만든 팻말을 들이밀며 대답했다.

"그르노블!"

그의 목적지는 다른 곳이었다. 겨우 잡은 차를 놓치게 생겨 아쉬워하던 중 그가 다시 말을 걸었다.

"샹베리까지는 갈 수 있는데 거기까지 태워줄까? 그르노블 가는 길목이야."

와. 마다할 이유가 없었다. 단 1km라도 니스와 가까워질 수 있지 않은가! 나의 목적은 단 하나, 오늘 안에 니스에 도착하는 거였다. 1초의 망설임도 없이 그의 차에 올라탔다.

흥분을 감출 수 없었다. 히치하이킹에 성공하다니! 낯선 땅, 낯선 차, 낯선 사람, 낯선 대화. 모든 게 흥분의 연속이었다.

신이 난 나머지 정말 차가 잡힐지 몰랐다느니, 당신이 내 인생 첫 히치하이킹 드라이버라느니 아무 말이나 쏟아냈다. 별생각 없이 졸음을 쫓아내고자 태워준 것 같았던 그는 가벼운 하품과 함께 미소를 지어 보였다.

그의 이름은 조나스. 레스토랑에서 일하고 있는 스물일곱 살의 파트타이머였다. 요즘은 한참 성수기라 평일 주말 할 것 없이 바쁘게 일하고 있다며 지금도 직장에 가던 길이라고 설명했다.

길지 않은 대화 속에서 한 30분을 달렸더니 샹베리에 도착했다. 조나스는 갓길에 차를 세워 트렁크에 실었던 파란 캐리어를 직접 내려주며 작별 인사를 건넸다.

"안시보다는 여기서 차가 더 잘 잡힐 거야. 굿 럭!"

구글맵을 켜보니 니스까지 50km 더 가까워져 있었다. 자신감이 붙기 시작했다. 그래, 이렇게 조금씩 니스에 가까워지는 거야.

두 번째 드라이버는 젊은 워킹맘 앤 마리였다. 피겨 스케이터인 딸의 경기를 보러 가는 길이라고 했다. 아직까지 흥분이 쉬이 가시지 않은 나는 프랑스인들은 전부 친절하고 사랑스럽다며 주접을 떨었다. 아주머니는 내가 더 사랑스럽다며 화답했다. 그래서 또 노래를 불러드렸다. 차 안 가득 우렁찬 내 목소리가 퍼졌다. 작은 콘서트가 끝난 뒤 아주머니는 앙코르를 외쳤고, 마다할 리 없는 나는 한 곡 더 부르며 히치하이킹의 흥분을 이어갔다. 마치 청춘 영화의 일부가 된 것 같았다.

앤 마리 아주머니는 좋은 노래를 들려줘서 고맙다며 가려던 길에서 벗어나 내가 차를 잡기 쉬운 장소에 차를 세워줬다. 그로써 니스는 60km 더 가까워졌다.

그로노블에서 발롱스까지, 발롱스에서 엑상프로방스

까지, 엑상프로방스에서 칸까지, 푸근한 인상의 델핀 아주머니, 과묵했던 누레딘 아저씨, 온몸에 화려한 타투를 새긴 액슬 커플의 차를 타고 무사히 이동했다.

마침내 칸에 도착했을 때는 안도의 한숨이 새어 나왔다. 칸은 니스의 바로 옆 도시였다. 말인즉슨, 니스에 거의 다 왔다는 뜻이었다. 이곳에서부턴 대중교통을 이용하더라도 부담이 없었다. 하지만 나는 끝까지 히치하이킹으로 마무리하고 싶었다. 히치하이킹으로 시작해 히치하이킹으로 끝난, 내 인생 첫 히치하이킹의 날로 기념하기 위해.

칸에 도착해 마지막으로 '니스'가 적힌 팻말을 꺼내 들었다. 오늘 이 팻말을 꺼낼 수 있을 줄이야. 지난밤 글씨를 함께 적어준 나탈리 부부가 떠올랐다. 감상에 젖어 있기도 잠시, 커다란 까만 오토바이 한 대가 눈앞에 멈춰 섰다. 가죽 재킷에 질끈 묶은 곱슬머리. 범상치 않은 모습의 그녀는 자신을 안나라고 소개했다. 안나는 엄지손가락을 치켜들어 뒷좌석을 가리켰다.

"타!"

그 에너지에 압도당한 나머지 잽싸게 캐리어를 오토바이에 끼워 넣고 몸을 실었다.

안나를 꼭 붙잡은 채 달리는 도로 위 빠르게 지나가는 풍경을 바라봤다. 드넓은 바다가 펼쳐져 있었다. 어느새 정말 땅끝까지 내려왔구나 싶었다.

이윽고 니스에 도착했다. 고맙다는 인사를 하기 위해 손을 내밀어 악수를 청하자 안나가 기다렸다는 듯 손가락 두 개를 치켜세웠다.

"2유로!"

응? 이거 유료야…? 당황한 표정을 숨기지 못하자 안나가 설명을 덧붙였다.

"기름값은 받아야지."

그녀 특유의 쿨한 태도에 나는 아무 말도 하지 못하고 주섬주섬 2유로를 꺼냈다. 그녀는 "땡큐!"라는 말을 남긴 채 오토바이의 굉음과 함께 사라졌다.

2유로가 큰돈은 아니니 아깝지는 않았지만, 이걸 히치하이킹으로 칠 수 있을까 싶은 찝찝함이 남았다. 뭐, 아무렴 어때. 무사히 니스에 도착했는걸.

짐을 챙겨 가까운 맥도날드로 향했다. 감자튀김과 콜라 하나를 주문해 테이블을 잡고 앉았다. 오늘의 첫 끼였다. 하루 종일 긴장한 탓인지 배고픔도 잊고 있었다.

목적지에 도착하면 화려한 이벤트가 기다리고 있을 줄 알았지만 겨우 맥도날드, 그것도 감자튀김에 콜라가 전부라니. 참 내 여행답다 싶었다.

와이파이를 잡아 나탈리 부부에게 가장 먼저 연락했다. 기다리고 계셨는지 곧바로 답장이 왔다. 안 그래도 걱정됐는데 잘 도착해서 다행이라고. 그리고 우린 혼자서도 잘 해낸 네가 참 자랑스럽다고.

매장 창밖으로 광활한 바다가 펼쳐져 있었다. 지평선이 온통 붉은빛으로 물들고 있었다.

안시에서 시작한 하루가 니스에서 저물어갔다. 알 수 없는 감정이 가슴속에 물결처럼 일렁였다. 가슴 벅찬 감동이었을까, 혹은 새로 지펴진 용기였을까. 어느 쪽이 됐든 무언가는 확실히 변한 것 같았다. 아니, 변해 있었다.

이 밤중에
왜
산속으로 가나요?

지난밤, 맥도날드에 앉아 라스트 미닛 카우치*last minute couch*(지낼 곳이 급하게 필요할 때 이용할 수 있는 요청. 보통 72시간 전에 많이 이용한다)로 미친 듯이 묵을 곳을 찾은 결과 기적적으로 당일 호스트를 구했다. 깜깜한 밤, 잔뜩 긴장한 채 호스트 데미안 집에 찾아가는 중에 개똥을 밟았고, 오늘 운은 히치하이킹에 다 써버린 건가 싶어 바보처럼 웃었다.

다행히 이후에 니스에서 지낼 곳은 모두 구해졌다. 그 중에는 사진 찍고 그림 그리는 멋진 예술가 호스트도 있었고, 하루 종일 컴퓨터 앞에 앉아 게임만 하는 게임 마니아도 있었다. 그리고 그 어떤 상상도 초월하는 끔찍한 호스트 또한 있었다.

지금까진 아무리 망했어도 생명의 위협을 느낀 적은 없었는데, 그 사람은 달랐다. 나는 이 여행에서 처음으로 생명의 위협을 느꼈다.

호스트의 이름은 Feck. 물론 가명이다. 특정 비속어와 스펠링이 비슷하다고 느꼈다면 잘 캐치했다. 그 의미로 붙여준 가명이 맞다.

Feck은 바에서 일하는 바텐더였다. 집은 니스에서 꽤 거리가 있는 망통이란 지역이었다. 니스를 벗어나 망통과 더불어 모나코까지 보고 오면 좋겠다 생각했던 참이라 일정상 더 잘됐다 싶었다.

바에서 일하는 그는 일이 끝나는 자정까지 기다려달라고 했다. 별다른 선택권이 없던 나는 알겠다는 답장을 보낸 뒤, 그와 만날 장소에서 가장 가까운 코인로커에 짐을 넣어두고 하루 종일 니스를 돌아다녔다.

자정이 가까워진 시각, 약속 장소에 낡은 붉은색 승용차를 끌고 나타난 Feck과 만났다. 190cm는 되어 보이는 키에 건장한 체격의 젊은 청년이었다. 운전석에서 내린 그는 내게 비주*bisou*로 인사를 했다. 프랑스에 온 지 꽤 되었음에도 비주가 처음이었던 나는 약간 당황하면서도 이내 별생각 없이 그의 차에 올라탔다.

차는 고속도로를 달렸다. 아주 늦은 밤이었다. 아직까지 그는 내게 낯선 사람이었기에 긴장을 늦출 수 없었다. 창밖과 그를 계속 번갈아 보며 괜히 말을 걸었다. 그는 아주 친절하지도, 그렇다고 아주 무례하거나 무심하지도 않은 태도로 나와 대화했다.

잠시 뒤 도착한 톨게이트에서 그는 내게 통행료를 내 달라고 부탁했다. 본인의 차를 얻어 탔다는 이유에서였다. 어차피 본인의 귀갓길인데, 싶은 생각이 드는 한편 그의 논리가 꼭 틀리지만도 않은 것 같아 지갑에서 돈을 꺼내 건네줬다.

도대체 집이 어디일까 싶을 정도로 차는 계속해서 달려 나갔다. 니스에서 이미 한참 멀어져 있었다. 창밖으로 보이는 거라곤 칠흑 같은 어둠과 도로를 간간이 비추는 가로등뿐이었다.

Shun.

차는 점점 인적이 드문 곳으로 향하더니 이윽고 산을 깎아 만든 가파른 길을 오르고 있었다. 1m만 잘못 가도 바로 아래로 추락할 것 같은 위험한 길이었다. 가로등은 일찍이 사라져 말 그대로 완전한 어둠뿐이었다. 그는 차의 상향등에 의지해 앞을 가늠할 수 없는 가파른 산속의 어둠을 뚫고 있었다. 그제야 등에서 식은땀이 흐르기 시작했다. 내가 당장 사라져도 이상할 게 전혀 없는 곳이라는 걸 인지했다. 아무래도 위험한 상황에 가까워지고 있는 것 같은 직감이 들었다.

그 순간, 그가 갑자기 차를 세웠다. 상당한 높이의 언덕 위였다. 심장이 몸 밖으로 튀어나올 듯 뛰기 시작했다. 나를 어쩔 셈이지? 돈을 뜯어내려고 그러는 건가? 아니, 딱 봐도 돈 없어 보이잖아. 아님 나를 이 언덕에서 아래로 밀어버릴 작정인가? 그렇게 해서 얻는 게 뭔데? 장기가 털리는 건 아니겠지? 나 지방간 있는데. 지방간이 영어로 뭐지?

"잠깐 내려봐. 모나코 야경 보고 가자."

그가 말했다. 말을 듣고 뒤를 돌아보니 보석 같이 반짝이는 야경이 펼쳐져 있었다. 그곳은 모나코 전경이 보이는 장소였다. '아, 이 야경을 보여주려고 차를 세운 거구나' 하는 생각과 함께 안도의 한숨이 새어 나왔다. 차에서 내려 언덕 아래로 펼쳐진 모나코의 야경을 구경했다.

"저게 모나코의 전체 크기야."

세계에서 두 번째로 작은 나라 모나코는 작지만 그간 보았던 어느 도시의 야경보다 밝고 화려했다. 꼭 값비싼 작은 보석을 보는 듯했다. Feck이 아니었으면 볼 수 없었을 값진 풍경이라는 생각이 들었다. 동시에 차 안에서 그를 의심했던 마음이 괜스레 미안해졌다.

우리는 다시 차를 타고 언덕 위를 올라갔다. 중간에 야경을 보고 이동한 덕인지 전보다 긴장을 내려놓을 수 있었다. 몇 킬로를 더 올라왔을까, 산속 어느 마을에 도착했다. 주차된 차도 꽤 많고, 불이 켜진 집들도 적지 않은 엄연한 하나의 마을이었다. 이런 곳에 사람이 사는 마을이 있다니. 신기하면서도 동시에 안심했던 것 같다.

"캐리어에서 필요한 짐만 챙겨. 걸어서 좀 더 올라가야 하는데 캐리어 들고 이동하기 힘들 거야."

또다시 경계의 털을 곤두세웠다. 이 많고 많은 집을 두고 또 어딜 올라가야 한다는 거야? 게다가 캐리어를 못 들고 갈 정도면 얘는 대체 어디 사는 거야? 그러나 세면도구와 속옷, 보조 배터리 정도를 챙겨 그의 뒤를 따라나서는 나는 참 말 잘 듣는 손님이었다.

그는 작은 손전등 하나를 챙겨 마을 구석의 으슥한 산속을 오르기 시작했다. 새벽 1시가 넘은 시각, 속옷과 세면도구를 챙겨 어느 이름 모를 산속으로 등산하는 여행객은 아마 나밖에 없었을 것이다. 하필이면 신고 있던 플립플롭 때문에 계속해서 발이 미끄러졌다. 결국 맨발로 그를 따라갔다. 5분쯤 지나자 별장 같은 게 보였다. 희미한 달빛에 비쳐 명확하게 보이진 않았지만, 나무로 지어진 오두막 같은 집이었다.

"다 왔어."

그는 들고 있던 손전등을 집이 있는 방향으로 세워두고 그곳을 소개했다. 보다 선명한 외관이 눈에 들어왔다.

"내가 직접 지은 별장이야."

그는 집 안에서 작은 랜턴 같은 것을 들고 나와 전원 버튼을 눌렀다. 서서히 불이 들어왔다. 너무 밝지 않은 게, 꼭 달빛 같았다.

"낮에 모아둔 태양열로 불을 켤 수 있어. 밝진 않아도 이 정도면 충분하지? 물은 계곡에서 끌어와서 쓰고 있어. 모든 게 자연 안에서 해결돼."

그제야 모든 퍼즐이 맞춰지는 것 같았다. Feck은 그가 지어놓은 산속의 별장으로 나를 초대했던 것이다. 어쩐지 이곳으로 오는 차 안에서 왜 태양열 에너지가 어쩌고, 별장이 어쩌고 하는 이상한 말들을 늘어놓나 싶었다. 진짜 태양열로 불을 켜고, 계곡물을 끌어다 쓰는 오두막을 눈앞에 두고 있으니 모든 의심이 사라졌다. 특별한 경험을 하고 있는 것 같아 묘한 흥분과 쾌감까지 일었다.

하루 종일 니스 시내를 돌아다닌 탓에 온몸이 끈적였다. 샤워를 하고 싶다고 얘기하자 물이 충분하지 않으니 오늘은 세수만 하고 내일 아침 마을로 내려가 샤워하라는 대답이 돌아왔다. 마을에도 집이 있으면 굳이 왜 여기까지 올라왔나 싶은 생각이 들었지만 더 이상의 의심은 거두기로 했다.

우리는 태양열 랜턴을 사이에 둔 채 카드 게임을 했다.

Feck이 오늘 바에서 챙겨왔다는 스파클링 와인도 한잔 했다. 나뭇잎 사이사이로 들려오는 풀벌레 소리와 달빛 아래에서 카드 게임을 하는 이 모습이 제법 낭만적으로 느껴졌다. 그때까지는.

참을 수 없이 눈꺼풀이 무거워져 잠도 깰 겸 오줌을 누러 화장실로 향했다. 어둠 때문인지, 취기 때문인지 도통 화장실을 찾을 수 없어 길을 헤맸다. 그러다 우연히 작고 낡은 창고 같은 곳에 들어가게 되었는데, 세상에. 사냥용 엽총 두 대가 있었다.

히치콕의 영화들이 떠올랐다. 오밤중, 낯선 사람, 산속 오두막, 카드 게임, 먹다 만 와인, 두 대의 엽총. 너무나 그럴듯한 스릴러 영화의 미장센이다.

그러나 이 세상에 사냥이 취미인 사람은 많고도 많다. 다시 화장실을 찾아 오줌을 누고는 방 안에 들어와 그대로 쓰러졌다.

얼마나 피곤했는지 산속 오두막에서 자고 있다는 사실도 잊어버린 채 널브러져 잠에 빠졌다. 몇 시간이나 지났을까. 잠깐 눈을 떴을 땐 여전히 깜깜한 새벽이었다. 좀 더 잘 수 있겠다는 행복한 기분으로 다시 눈을 붙이려던 찰나, 바지 속으로 무언가 쑥 들어왔다. 이런, 젠장. Feck의 손이었다.

물파스라도 바른 듯 순식간에 눈이 번쩍 뜨였다. 등 뒤에 누워 있던 Feck은 잠꼬대를 빙자한 뒤척임으로 자연스레 내 몸을 만지기 시작했다. 원하지 않는 스킨십이었다.

오만 가지 생각이 머릿속을 스쳐 지나갔다. 손을 뿌리치고 밖으로 나갈까? 이곳은 어두운 밤 산속이다. 어딘지도 모르는, 심지어 사람 하나 없는 곳. 달리 내가 갈 수 있는 곳이 없다. 하지 말라고 화를 내볼까도 싶었지만 그와 동시에 창고에 있던 엽총 두 대가 떠올랐다. 총 한 방 맞고 이 근처 아무 데나 묻혀도 아무도 모를 만한 공간과 상황이었다.

결국 나 역시 고약한 잠버릇을 연기하며 그를 피하기 시작했다. 이를 눈치챈 듯한 Feck은 더 과감한 스킨십을 시도했다. 급기야 내 손을 잡아 억지로 자기 몸쪽으로 끌고 가는 지경까지 이르렀다.

너무 무서웠다. 정말 너무너무 무서웠다. 무서웠다는 말로밖에 이 상황을 표현하지 못하는 내가 한스러울 뿐이다. 원하는 건 오직 하나, 해가 뜨기만을 간절히 바라는 새벽이었다.

아침이 밝았다. 짹짹거리는 새소리에 이제 막 잠에서 깬 듯 연기를 하며 일어났다.

최대한 아무 일도 없었다는 듯 행동하며 서둘러 이곳을 빠져나갈 생각이었다. 그저 무사히 니스에 도착하기만을 바라며 다시 출근길에 오르는 Feck의 차에 올라탔다.

차 안에서 그가 내게 이런저런 말을 건넸지만 무슨 말이 오고 갔는지 하나도 기억나지 않는다. 아, 한 가지 기억나는 건 "오늘은 몇 시에 볼까?"라는 그의 질문이었다. 그의 집에서 지내기로 한 날은 이틀. 미쳤다고 그 경험을 두 번씩이나 할까. "나중에 메신저로 연락하겠다"라는 말로 회답했다.

니스에 도착해 차에서 내리며 캐리어도 함께 꺼냈다. "굳이 캐리어를 가져가야 하느냐"라는 그의 물음에 억지

웃음을 지어 보였던 것 같다.

니스의 어느 이름 모를 골목. 그는 떠났고, 커다란 파란색 캐리어와 배낭을 멘 내가 멀뚱하게 서 있었다. 순간 아는 동네에 왔다는 안도감에 긴장이 풀리면서, 전날 새벽부터의 일이 떠오르며 뱃속에서부터 무언가가 올라왔다. 도저히 참을 수 없어 가까운 화단으로 달려가 고개를 푹 숙였다. 오바이트가 쏟아졌다. 흐리멍덩한 하늘에서 조금씩 비가 내리기 시작했다.

'이제 카우치 서핑은 포기다.'

그날, 나는 이 여행에서 처음으로 호스텔을 예약했다.

고흐는
움직이지 않아

니스에서의 끔찍한 경험 이후 고민이 생겼다. 카우치 서핑으로 여행하는 것에 대한 두려움이 생긴 것이다. 카우치 서핑이란 양면성이 뚜렷한 서비스였다. 집주인과 손님이 원하는 것이 일치했을 때는 서로 윈윈이지만, 어느 한 쪽이라도 다른 목적을 품고 있다면 어느 쪽에도 득이 될 게 없었다.

이래서 돈을 써야 하나 싶었다. 돈은 단순한 물질적인 의미를 넘어 서로의 신뢰를 사고파는 장치였다. 돈을 쓴 사람은 쓴 만큼, 돈을 받은 사람은 받은 만큼의 신뢰를 주고받는 것이다.

금전이라는 약속을 제거하니 남은 것은 보이지 않는

애매한 신뢰뿐인데, 낯선 사람끼리 이 신뢰를 지키기란 생각보다 쉽지 않았다. 더군다나 신뢰가 깨지는 경험을 두 차례나 하고 나니 내게는 의심만 남아 있었다.

의심은 나 스스로를 보호하는 데 도움이 되겠지만 동시에 어느 곳으로도 나아가지 못하게 하는 장애물이 되기도 한다. 그러나 나는 여행을 계속해 나가야만 했다. 턱 없이 부족한 예산, 한 달이나 남은 변경 불가능한 귀국 날짜. 아무리 머리를 굴려도 부족한 나의 경험으로 도달한 결론은 역시 카우치 서핑뿐이었다.

'좋은 사람들도 많았잖아.'

스스로에게 좀 더 엄격한 기준으로 호스트를 결정하며 이 여행을 이어 나가기로 했다. 물론 나의 이상대로만 흘러가지는 않겠지만.

니스에서 남은 하루 동안은 가장 많은 돈을 썼다. 이런 걸 두고 '시발 비용'이라고 하나.

비싸 보이는 식당에 들어가 먹고 싶은 음식과 와인을 시켜 먹고, 예정에도 없었던 미술관 입장료를 내고 전시된 작품들을 질릴 때까지 봤다. 급격하게 우울해진 기분에 뭐라도 때려 넣지 않으면 당장이라도 무너질 것 같았기 때문이다.

다음 행선지는 이탈리아였다. 로마, 나폴리, 아시시, 피렌체, 베네치아로 이어지는 꽤 긴 일정이었다. 한 달 가까이 지낸 프랑스를 떠나 다른 나라로 간다는 마음에는 설렘과 두려움이 공존하고 있었다.

니스에서 로마로 가는 교통편은 미리 예약해놓은 저가항공이었다. 인천공항에서의 끔찍한 경험 이후로 공항공포증(?)이 생긴 나는 니스 출국 당일 무려 여덟 시간이나 일찍 공항에 도착했다. 그렇게 일찍 도착해놓고서도 비행기를 놓칠 새라 수시로 안내 전광판을 확인했다. 비행기는 출발 시간보다 한 시간 정도 지연되었고, 결과적으로 나는 니스 공항에 도착한 지 열 시간 만에 로마로 떠날 수 있었다. 로마까지는 비행기로 두 시간도 걸리지 않았다.

밤늦게 도착한 로마에선 급하게 구한 카우치 서핑 호스트 집에서 신세를 졌고, 로마를 구경할 새도 없이 다음 날 곧바로 나폴리로 내려갔다. 그리하여 나폴리를 비롯한 이탈리아 남부 여행이 시작되었다.

나폴리의 첫인상은 무서웠다. 금방이라도 무너질 것 같은 낡은 건물들에 둘러싸인 도시는, 나폴리 하면 항상 따라오는 '세상에서 가장 아름다운 항구 도시'라는 풍문을 무색하게 만들었다. 적어도 몇 백 년은 되어 보이는 돌바닥과 낡은 건물들 사이로 그림자가 일궈낸 음침한 골목들. 건물 사이마다 기다란 줄에 주렁주렁 널어둔 빨래 따위가 그나마 사람 사는 곳임을 드러내고 있었다.

해가 쨍쨍한 대낮이었지만 누군가 시비를 걸 것 같은 도시의 포스에 주눅이 들어 잔뜩 웅크린 채 숙소로 향했다. 카우치 서핑이 구해지지 않아 첫날은 결국 한인민박을 예약했는데, 도리어 다행이었다. 낯설고 무서운 기분이 들 땐 한국 사람, 한국 음식, 한국어가 최고니까.

사실 나폴리는 원래 목적지가 아니었다. 그저 이탈리아 남부의 아름답기로 소문난 섬들을 구경하고 싶었는데, 그나마 나폴리가 그곳들과 가장 가까운 도시였다. 로마에서 하루 만에 다녀올 수 있는 '이탈리아 남부 환상 투어' 같은 투어 상품도 여러 개 있었지만, 여행사 시간표에 쫓겨 구경하고 싶지 않았다.

여유롭게 섬을 구경할 수 있는 방법은 섬 안에 있는 숙소를 구하거나, 로마보다 접근이 용이한 나폴리에 묵거나, 둘 중 하나였다. 나는 비교적 카우치 서핑을 구하기 편하고 숙소값도 더 저렴한 나폴리에 묵는 쪽을 선택했다. 위험한 동네라는 얘기는 족히 들었지만 조심히 다니면 괜찮을 거라고 생각했다.

아니나 다를까, 나폴리에서의 둘째 날 밤, 눈앞에서 소매치기를 만났다. 놈의 목적은 내가 아닌, 같은 카우치 서핑 호스트 집에 머물던 미국인 여자애였다.

호스트와 함께 다 같이 피자를 먹으러 가는 길이었다. 어두운 밤이지만 사람이 많은 거리였고, 현지인이 동행하고 있었기에 우리 모두 조금은 느슨해져 있었다.

순식간이었다. 어떤 까맣고 커다란 물체가 내 어깨를 빠르게 스쳐 지나갔다. 눈앞에서 무언가가 '훌렁' 하더니 '쿵' 하는 소리와 함께 엎어졌다. 눈을 뜨고 똑바로 쳐다보자 오토바이 한 대와 그 오토바이를 운전 중이던 헬멧

쓴 남자, 그리고 동행 중이던 미국인 여자애가 바닥에 엎어져 있었다. 오토바이 소매치기가 미국인 여자애가 메고 있던 크로스백을 몸에서 빼내려다 실패해 넘어진 것이다.

순간 나는 무슨 생각이었는지 아니, 아무 생각이 없었는지 반사적으로 소매치기를 향해 돌진해 온 힘을 다해 짓눌렀다. 그러다 불현듯 '이 새끼 흉기 있으면 어떡하지?'라는 아찔한 생각이 스치며 정신이 번쩍 들어 놈에게서 떨어졌다.

소매치기는 순식간에 오토바이를 세워 타고는 쏜살같이 달아나버렸다. 다행히 미국인 여자애는 다친 곳도, 잃어버린 물건도 없었다. 위험한데도 불구하고 달려와줘서 고맙다며 내게 연신 감사 인사를 했지만, 되려 나는 지레 겁을 먹고 놈을 놓친 것 같아 찝찝했다. 그래도 피자는 잘만 먹었다. 미국인 여자애는 두 판 먹더라.

그 사건만 빼면 이탈리아 남부 여행은 우려와 달리 꽤 완벽했다.

그토록 기대했던 남부의 섬들은 환상적으로 아름다

웠다. 왜 투어 이름을 '남부 환상 투어'로 지었는지 단번에 이해할 수 있었다.

특히 포지타노는 도착과 동시에 육성으로 탄성이 절로 나왔다. 사람으로 꽉 찬 만원 버스에 몸을 구겨 넣고 이동했는데, 포지타노의 전경이 모습을 들어내는 순간 승객들 모두 창 쪽으로 고개를 돌린 채 일제히 탄성을 내질렀다.

그럴 만한 풍경이었다. 세상의 끝과 연결된 것 같은 푸른 바다와 수채화로 하나하나 칠한 듯한 형형색색의 지붕, 에메랄드와 올리브그린 빛의 나무, 지브리 애니메이션팀이 왔다 갔나 싶은, 동화 속 한 장면이라고 해도 믿을 법한 풍경이 눈앞에 펼쳐졌다.

버스에서 내리자 감흥은 배가 되었다. 마침 버스 정류장 앞에서 야외 결혼식이 열리고 있었던 것이다. 팔과 다리가 훤히 보이는 원피스 같은 웨딩드레스에 흰색 하이힐을 신은 신부와, 파란색 스트라이프 재킷에 선글라스를 낀 신랑이 서로 입을 맞추고 있었다. 지금까지 본 적 없는 저세상 힙의 커플이었다. 네다섯 명의 크고 작은 아저씨들로 구성된 관악대는 색소폰과 트롬본 같은 악기로 팡파르를 울렸고, 동네 주민들은 이들을 축복하며 하늘 위로 형형색색의 꽃가루를 뿌렸다. 말 그대로 영화 속 한 장면이었다. 그러니 도착과 동시에 사랑에 빠지지 않을 리가.

다음 날 방문한 곳은 카프리섬이었다. 포지타노가 작은 동화 마을 같았다면, 카프리는 영화 혹은 광고 세트장 같은 느낌이었다. 섬의 규모도 더 컸고 그만큼 볼거리도, 사람도 더 많았다.

그 유명한 '푸른 동굴' 블루 그로토를 보기 위해 어렵게 찾아갔지만 갑자기 상승한 해수면 때문에 결국 보지 못한 것은 두고두고 아쉬웠다. 그래도 화창한 날씨와 눈이 부신 마을 풍경, 그리고 사람만 보면 쫓아오는 고양이들 덕에 충분히 행복한 시간이었다.

그다음 날은 소렌토를 방문했다. 기차역에서 내리자마자 단숨에 들이켠 레몬 슬러시의 맛은 아직도 기억할 정도다. 생레몬을 손수 짜서 만든 슬러시로, 발끝까지 짝

차 있던 열기를 한 방에 날려주는 맛이었다.

그러고 보니 카프리, 소렌토와 같은 섬들의 이름. 어딘가 익숙하다 했더니 맥주나 자동차 이름들은 죄다 여기서 가져다가 쓴 거였다. 직접 방문해보니 확실히 그럴만하다 싶었다. 누군들 이 섬의 아름다움을 훔치고 싶지 않았을까.

여행은 차차 안정기에 접어들었다. 더 이상 큰 사건도 일어나지 않았고, 우려 속에서 만난 카우치 서핑의 인연들도 (정말 다행히) 모두 좋은 사람들이었다.

콜마르에서 갑작스러운 기차 파업으로 원래 고흐의 발자취를 느껴보고자 계획했던 아를에 가지 못하게 됐을 때 제이 누나가 했던 말이 있다.

"고흐는 움직이지 않아. 아를도 움직이지 않아. 언제든 네가 찾아갈 수 있어. 지금 네가 정말 원하는 게 무엇인지 잘 파악해봐."

과연 여행이란 그런 것이었다. 내가 향하는 어디든 결코 움직이지 않고, 움직일 리 없었다. 움직이는 것은 오로지 하나, 내 마음뿐이었다.

내 마음이 향하는 곳으로 가자. 그곳이 어디든 사라지지 않고, 사라질 리 없는 곳이다. 지금처럼 내 마음이 향하는 곳이 어디인지 귀를 기울였던 적이 또 있었던가.

제이 누나의 그 한마디는, 어쩌면 일상으로 돌아가서도 내게 가장 필요한 목소리가 되어줄 것 같았다.

〈냉정과 열정 사이〉 봤어?

나폴리 다음의 이탈리아 일정은 아시시와 피렌체, 베네치아였다. 이탈리아 남부의 섬들을 여유롭게 돌아보는 여행을 맛보고 나니, 사람과의 만남에 집중하는 카우치서핑은 잠시 쉬고 여행지에 집중해보기로 했다.

아시시는 성 프란치스코의 유골이 있는, 이탈리아 사람들이 가장 성스럽게 여기는 도시다.

특별한 종교도 없던 내가 아시시에 가기로 한 이유는 달랑 사진 한 장 때문이었다.

흔한 관광지 말고 독특한 소도시를 구경해보고픈 생각에 유럽 여행 카페에서 여러 소도시를 찾아보다가 이곳, 아시시의 사진 한 장을 보게 되었다. 어스름한 저녁 하늘을 배경으로, 벽돌로 지어진 낡은 집들 사이의 주황빛 조명이 중세 시대 같은 아시시의 골목을 비추었다. 가게를 정리하며 마감하는 배 나온 아저씨와, 골목 사이로 사라지는 자전거 탄 청년. 그리고 장바구니를 들고 집으로 돌아가는 듯한 가족들의 뒷모습뿐인 지극히 일상적인 사진이었지만, 그만 그 공간 속에 있는 나 자신을 상상해버리고 말았다. 이야기의 일부분이 되는 기쁨을 느끼고 싶었고, 그리하여 아시시는 이탈리아에서 가장 기대되는 여행지로 계획표 안에 새겨졌다.

낡은 열차를 타고 아시시역에 내리는 순간, 이전과는 다른 풍경이 나를 반겼다. 영화 〈레터스 투 줄리엣〉에서 보았던, 광활하고 조용한 이탈리아의 시골 풍경이었다. 들리는 거라곤 바람과 새소리뿐, 새로운 건물을 짓는 도시의 시끄러운 공사 소리나 작은 인기척마저 찾아보기 어려운 완전한 시골이었다.

아시시는 관광 도시가 아니다 보니 숙소 또한 마땅치

않았다. 사전에 검색을 해보니 수녀원에서 숙박하며 이탈리아식 저녁까지 먹을 수 있다는 매력적인 정보가 있었지만, (당연하게도) 남자 손님은 받지 않았다. 그러나 다행히 운영 중인 호스텔이 딱 한 군데 있었고, 예약을 하지 않았음에도 이틀 치 숙박이 가능했다.

숙소에 짐을 풀고 해가 지는 아시시의 골목을 구석구석 돌아다녔다.

놀랍도록 조용하고 아름다운 마을이었다. 이탈리아 사람들이 가장 성스럽게 여긴다는 이유를 이해할 수 있을 것 같았다. 종교가 없는 나도 괜히 신성한 기분이 들었으니 말이다.

간혹 건물과 건물 사이에 액자처럼 생겨난 공간 사이로 보이는 아시시의 평화로운 풍경은 자꾸만 걸음을 멈추게 했다. 골목마다 이렇게 많은 이야기가 숨겨져 있는 것 같은 동네는 또 처음이었다. 마을 전체에 깔린 적막함은 새하얀 도화지처럼 많은 상상을 품게 만들었다. 아시시에 오길 참 잘했다는 생각이 들었다.

이튿날엔 비가 많이 내렸다. 비가 내리는 아시시는 또 그 나름대로 많은 이야기를 품고 있는 것 같았다. 비에 젖어 진한 색으로 물든 마을의 모습은 또 다른 풍경처럼 다가왔다. 누군가와 함께였다면 더 좋았겠다 싶었다. 하긴, 혼자 여행한 지 어느덧 한 달 하고도 일주일 정도가 흘러 있었다. 보고 싶은 사람들이 떠오르는 것은 당연한 일이었다.

이틀 뒤, 아시시에 이어 피렌체에 도착했다.

피렌체는 베네치아를 가기 위한 경유지 같은 곳이었다. 아시시에서 베네치아로 넘어가는 길목에 마침 피렌체가 있길래 하루 정도 가볍게 묵을 생각이었다.

급하게 잡은 호스텔의 방문을 열고 들어가니 백인 여자애 두 명이 물끄러미 나를 쳐다봤다. 믹스 도미토리*mix dormitory*. 남녀가 함께 묵는 혼성 룸이었다.

혼성 룸은 처음이라 당황했지만 침착한 척하며 짐을 풀고 있던 찰나, 또 한 명의 여자애가 방 안으로 들어왔다. 뉴발란스 운동화를 신은 검은 머리의 동양인, 누가 봐도 한국인이었다. 참 신기하다. 겉모습만 보고도 한국인, 일본인, 중국인이 어느 정도 구분된다. 한국인이라면 누구나 가능할 법한 이런 능력(?)을 일전의 카우치 서핑 호스트한테 알려줬더니 엄청 신기해했었다. 유럽인들은 겉모습만으로 프랑스인, 이탈리아인, 영국인을 구분하지 못할 거라며.

어찌 됐든, 내가 먼저 "Hi" 하고 인사를 하자, 아니나 다를까 "한국인 아니에요?"라는 대답이 돌아왔다. 피렌체에서 만난 첫 한국인 친구, 영은이와의 만남이었다.

간단한 통성명 후 영은인 다짜고짜 "저랑 티본스테이크 먹으러 갈래요?" 하고 물어왔다. 듣자 하니 피렌체는 소가죽과 티본스테이크가 유명한데, 나처럼 혼자 여행 중이었던 영은이는 티본스테이크를 혼자서 사 먹는 게 부담스러웠다고 했다. 나는 1초의 망설임도 없이 좋다고 대답해버렸다. 어김없이 튀어나온 예스맨은 한국인 앞에서도 예외가 없었다.

피렌체에서의 일정은 영은이에게 이미 모든 계획이 있

었다. 광장 앞 유명한 식당에서 티본스테이크를 먹고 두오모 성당에 올라 피렌체의 전경을 감상한 뒤 아르노강을 건너 미켈란젤로 언덕에서 석양을 보는 것으로 마무리하는 일정이었다. 단순 경유지로 생각했던 피렌체에서나도 순식간에 알찬 여행 코스가 세워졌다.

영은이가 미리 알아둔 식당을 찾은 우리는 테라스 자리에 앉아 티본스테이크와 감자튀김, 그리고 하우스 레드 와인 두 잔을 주문했다. 메뉴판을 눈으로 훑으며 머릿속으로는 빠르게 돈 계산을 하는, 여전히 부족한 여유의 나였지만 막상 음식이 나오니 별생각 없이 허겁지겁 먹었다.

영은이는 나와 동갑이었다. 패션을 전공하고, 여행을 온 지는 2주 정도 되었다고 했다. 오랜만에 만난 동갑내기 친구와의 대화에 신이 난 나머지 여태껏 혼자 여행하며 있었던 이야기를 털어놓았다.

테라스 앞에 펼쳐진 피렌체 광장은 아름다웠고, 처음 먹어본 티본스테이크는 맛있었다. 물론 맛있었던 만큼 70유로라는, 이제까지 식사한 비용 중 가장 큰돈을 지불

Shun.

해야 했지만. 일주일은 버틸 수 있는 금액을 한 번에 탕진한 것 같아 쓰린 속을 달래며 식사를 마쳤다.

영은이를 따라 피렌체에 오면 꼭 먹어야 한다는 젤라토도 먹고(놀랍게도 이탈리아에 도착한 이래 처음 먹어봤다), 두오모 성당에 올라 피렌체 전경과 함께 인증 사진을 남기기도 했다. 여행 첫날 인천공항에서 비행기만 놓치지 않았어도 진작 즐겼을, 어쩌면 여행에서 너무나 당연한 '필수 코스'들이었다.

어쩔 수 없는 환경과 상황 때문에 시작된 망한 여행. 그 속에서도 남들과 다르기에 오히려 특별하다며 스스로를 위안했지만 결국 남들이 다 하는 데에는 분명한 이유가 있었다. 영은이를 만나지 않았다면, 어쩌면 이번 여행 내내 누리지 못했을 당연한 여행을, 적어도 피렌체에서만큼은 만끽하게 되었다.

해가 저물 즈음, 영은이는 구글맵을 보며 어딘가를 열심히 찾기 시작했다. 미켈란젤로 언덕, 그림 같은 석양이 드리운 피렌체 전경을 감상할 수 있는 곳이다.

미켈란젤로 언덕은 석양을 감상하기 위해 찾아온 관광객들로 벌써부터 북적이고 있었다.

"〈냉정과 열정 사이〉 봤어?"

주머니에서 주섬주섬 MP3를 꺼내며 영은이가 물었다.

"아, 책으로는 봤는데."

"내가 제일 좋아하는 영화야."

'그게 영화로도 나왔구나'라는 생각을 하던 찰나 엉켜 있던 이어폰 줄을 다 푼 영은이가 오른쪽 이어폰 한쪽을 주었다. 이어폰을 받아 오른쪽 귀에 꼽고는 언덕 아래 펼쳐진 피렌체를 바라보았다. 흘러나온 첫 트랙은 〈냉정과 열정 사이〉 OST, 〈History〉였다.

선홍색 노을이 지기 시작했다. 단조로운 기타 멜로디로 시작한 음악은 저물어가는 노을과 함께 현악기 선율을 이어갔다. 이유 모를 눈물이 맺혔다.

영화를 본 적도 없는데 노을 지는 피렌체의 전경과 음악의 선율만으로 머릿속에 한 편의 서사가 쓰였다. 〈냉정과 열정 사이〉는 필시 피렌체의 아름다움으로부터 쓰인 작품이구나. 그 순간만큼은 그래야만 했다.

혼자서 오랜 시간 여행하는 일은 스스로에게 끊임없이 질문을 던지는 과정이기도 하다. 저녁 메뉴를 골라야 하는 문제마저 어려운 선택의 기로다. 피렌체의 석양을 눈앞에 둔 순간에도 나는 질문했다. 이 돈과 시간, 에너지를 쓸 만큼 지금의 선택이 의미 있는 것인가? 의미가 있다면 어떤 의미인가? 꼬리에 꼬리를 무는 수많은 질문들 앞에서 피렌체의 석양은 대답했다. 이 순간의 존재가 곧 의미라고.

지금까지 여행길을 밟아오며 나 자신에게 가장 많이 던진 질문은 단연코 '왜?'였다. 나는 왜 이 돈과 시간, 에너지를 써가며 스스로를 낯선 땅에 던져놓은 걸까. 익숙한 것에서 멀어짐으로써 얻고 싶었던 것은 무엇이었을까. 누군가와 함께가 아닌, 왜 굳이 외로운 혼자를 택했던 걸까.

여행의 후반부에 오니 그 이유가 좀 더 명확해지는 느낌이었다. 로망을 품은 막연한 시작이었지만, 낯선 나라, 낯선 언어, 낯선 사람을 만날수록 얻어지는 생각과 경험은 다채로웠다. 좋고 싫음이 분명해진 영역이 생겼으며,

타인의 삶을 통한 나의 모습을 반추해볼 수도 있었다. '자아의 확장은 이런 식으로 이뤄지는구나'가 확실하게 피부로 느껴지는 시간이었다.

시작의 불씨는 아무렴 어떤 것이었다. 방아쇠를 당긴 이상 앞으로 나아가지 않을 수 없는 꼴이, 꼭 태어났으니 살아갈 수밖에 없는 보통의 일상처럼 느껴지기도 했다.

특별한 숙제를 해결하지 않아도 괜찮았다. 그저 나를 스쳐 지나가는 풍경과 사람들을 전보다 더 면밀히 바라보고 마음속에 담아두면 그만인 것, 그저 그 순간에 존재하는 것. 그것이 이즈음 내가 깨달은 여행의 정의였다.

베네치아,
그 묘한 거부감

예전부터 남들 다 하는 것에 대한 묘한 거부감이 있었다. 평범하지 않다고 해서 반드시 특별한 게 아님을 알지만 성인이 된 지금까지도 그러한 태도가 배겨 있다. 그렇다고 마니아적 취미나 취향이 있는 것도 아니다. 그저 『해리 포터』와 〈타이타닉〉을 본 적 없는 사람이 되어 있었을 뿐.

그럼에도 '도대체 그게 뭐길래' 하는 마음은 결국 보고, 먹고, 듣고, 가게 만들었다. 연착이 되어 발이 묶인 베트남공항에서 〈타이타닉〉을 보다가 오열했고, 『해리 포터와 비밀의 방』까지 읽고 나서는 오사카 유니버설 스튜디오 해리 포터 존을 오픈 시간에 맞춰 맨발로 뛰어가

다 발바닥이 찢어져 피까지 봤다. 그뿐이랴. 마라탕과 꿔바로우가, 픽사의 애니메이션들이, 하도 핫하다길래 들어본 어느 인디밴드의 음악들이 그러했다. 묘한 거부감. 그것은 어쩌면 요즘 말로 '입덕 부정기'를 의미하는지도 모르겠다. 남들과 똑같이 그리 호락호락하게 내 마음을 내어주지 않겠어, 하는 일종의 밀당인 셈이다. 물론 다음 도시인 베네치아도 그러한 곳이었다.

물의 도시, 베네치아. 유명세를 치른 것은 그 대상이 어떤 것이든 신비로움을 잃기 마련이다. 베네치아행 열차에 몸을 싣고도 큰 기대가 없었던 이유는 사진과 글로 접했던 베네치아에 이미 질려 있었기 때문이다. 거대한 운하에 둘러싸인 신비로운 마을 풍경은 닳고 닳은 콘텐츠가 되어버린 듯했다.

파리 루브르 박물관의 〈모나리자〉가 기억난다. 수많은 인파에 둘러싸였던 그 순간은 그림을 감상하기보단 유명한 연예인을 구경하는 느낌에 더 가까웠다. 손이라도 흔들어줬을 연예인과 달리 눈 하나 깜짝 않고 평화로운 표정을 유지하는 모나리자 씨가 유일하게 다른 점이었다. 〈모나리자〉를 둘러싼 높이 뻗은 손들은 카메라 셔터를 누르기 바빴다. 이에 질세라 나 또한 내 작은 카메라 안에 수십 장의 모나리자를 담았다. 찍으면서도 알고 있던 사실이지만, 그 사진은 몇 년이 지나도 다시 꺼내보지 않았다.

베네치아는 유럽의 여느 도시와 마찬가지로 관광객이 넘쳐나는 구시가지의 본섬과 대개 현지인이 거주하는 신시가지로 나눠진다. 원래 예정대로라면 신시가지가 있는 메스트레역에 내려 숙소를 잡아야 했지만, 어차피 구시가지를 여행해야 하니 그냥 곧바로 본섬까지 들어가기로 했다.

미리 사놓은 케밥과 500ml 코카콜라 한 병을 거나하게 비우곤 열차 창가에 머리를 누인 채 정신없이 잠들었다. 행복한 돼지가 된 것 같은 기분으로 꿈속에서 사경을 헤매다 창가에 기댄 머리에 뜨거운 햇볕이 묻어 눈이 떠졌다. 창밖으로 바다가 펼쳐져 있었다. 〈센과 치히로의 행방불명〉에서 내가 가장 좋아하는 '바다 열차'가 떠오르기에 충분한 장면이었다. 그러나 속으로 되뇌었다. 흥.

이 정도로는 어림없지. 여전한 묘한 거부감이었다.

이윽고 베네치아 산타루치아, 본섬에 도착했다. 이놈의 캐리어는 이전부터 위태위태하더니 이젠 잘 끌리지도 않았다. 결국 양손을 사용해 낑낑대며 들고 다니는 지경에 이르렀다. 30도를 웃도는 미친 더위는 덤이다. 심지어 미리 알아본 숙소는 풀 부킹이었다. 관광객이 넘쳐나는 베네치아씩이나 오면서 숙소 예약을 하지 않는 패기라니. 머리가 나쁘면 몸이 고생한다는 말을 이번 여행에서 몸소 체험 중이었다. 소문이 무성했던 그곳, 베네치아에 도착했지만 내 여유는 아직 인천공항에 있는 듯했다. 아름다운 풍경이든 맛있는 음식이든 여유가 없을 때에는 아무짝에 쓸모가 없다. 아니, 맛있는 음식은 예외려나.

두 번째로 알아본 숙소에서도 퇴짜를 맞고 마지막으로 찾은 호스텔에 마지막으로 남은 '딱 한 자리' 예약에 성공했다. 예전부터 궁금했는데, 이런 순간마다 남아 있는 건 왜 딱 한 자리뿐인 걸까. 딱 한 자리 남았다던, 인천공항에서 항공권을 새로 구입할 때 여행사 직원의 멘트가 떠올랐다.

숙소에 짐을 풀고 나니 온몸이 땀으로 흠뻑 젖어 있었

다. 젊어서 고생은 사서 한다지만, 이런 무의미한 고생을 사서 해야 한다면 블랙리스트에 올라도 상관없으니 판매자에게 밤새 클레임을 넣고 싶다. 영화 〈살인의 막장〉 속 숟가락 살인마처럼.

그래도 이런 쓸모없는 노고라도 있어야 그 어떤 상황에서든 상대적으로 '올려치기' 할 수 있다. 첫째로, 호스텔에 딸려 있는 공용 부엌을 보고 마음이 녹아내렸다. 내일 아침 드디어 (캐리어 안에서 썩고 있던) 라면을 끓여먹을 수 있게 되었으니까. 그리고 둘째로, 크로스백 하나만 가볍게 챙겨 나온 베네치아는 방금 전까지 낑낑대며 캐리어를 들고 온 그 길이 맞나 싶을 정도로 심하게 아름다웠다. 달걀 프라이가 될 것 같은 날씨도 그늘로 피하면 그만. 이런 날씨일수록 사진은 또 기가 막히게 나오지 않는가. 덕분에 카메라 셔터가 쉴 틈이 없었다. 타는 갈증을 달래기 위해 길거리에 널린 젤라토 가게에서 두 가지 맛을 선택해서 먹었다. 머리 위로 뿅뿅 별이 떴다. 덥지 않았으면 맛있을 리 없는 젤라토다. 일상의 상대성은 아마 인간에게 주어진 가장 합리적인 축복이 아닌가 싶다.

Shun.

인정하고 싶지 않지만(도대체 왜?) 억울하게도(어째서?) 베네치아는 아름다웠다. 그 진가는 도보 여행에서 빛을 발했다. 사실 본섬 내에는 차도가 없으므로 어차피 도보 아니면 수상 이동 말고 달리 선택권이 없다.

이 도시는 물 위에 지어졌다는 이유만으로 많은 것을 포기했지만 동시에 소중한 무언가를 지켜냈을 것이다. 그것이 무엇인지 나는 알 길이 없지만, 도시 구석구석을 걷다 보면 감히 상상해볼 만하다. 어떻게 지었을까 싶은 물 위의 아름다운 가옥들과 운하를 가로지른 돌다리들. 커다란 노를 열심히 젓고 있는 곤돌라 위의 곤돌리에 아저씨와 세상에 둘뿐인 듯 진한 사랑을 나누는 연인들. 어느 곳에 카메라를 갖다 대어도 엽서 사진이 된다. 이것을 지키기 위해서라면 (어느 정도일지 모를) 불편함도 감수할 만하지 않을까. 테라스마다 갖가지 꽃으로 장식해놓은 이곳 사람들의 정성까지 엿보고 나니, 그런 상상에 더욱 확신이 실렸다.

밤이 와도 베네치아의 불은 꺼지지 않는다. 도시 전체에 깔린 수면 위 잔물결은 지상 위의 모든 아름다움을 집어삼킬 듯 반짝이며 흔들렸다. 여전히 운행 중인 베네치아의 수상 택시 바포레토나 늦게까지 '열일' 중인 곤돌라는 마치 우주 위를 헤엄치는 물고기들 같았다. 밤을 맞이한 베네치아를 넋 놓고 구경하며 깨우쳤다. 유명한 데엔 다 이유가 있구나. 어느새 묘한 거부감은 완전히 무장 해제되었다. 아무래도 입덕 부정기가 끝난 모양이다.

윤수훈. 내 이름 '수훈洙勳'은 '물가에 공을 세운다'는 의미다. 흔들림 속에서도 의미 있는 무언가를 세울 수 있다는, 희망과 가능성을 내포한 이름이다. 가늠하기 어려운 불편함 속에서도 아름다움을 지키기 위해 존속된 베네치아라는 도시와 접점이 있어 보인다. 해를 거듭할수록 상승하는 해수면 때문에 몇십 년 뒤에는 물에 잠길 수도 있다고 하기에 그 가치가 더 소중하게 느껴진다. 억지스럽게 느껴져도 어쩔 수 없다. 입덕 부정기가 끝난 사람의 가장 무서운 점은 눈에 뵈는 게 없다는 것이다. 그렇다. 베네치아와 지독하게 얽히고 싶어졌다.

베개 위의 초콜릿

여행을 떠난 지 어느덧 44일 차. 새까매진 피부나 눈을 찌를 만큼 자란 앞머리는 예측 가능한 변화였지만, 무슨 연유에선지 살이 쪘다. 분명 도전을 표방한 가난한 여행을 하고 있는데, 어째서인지 여행 막바지가 된 지금, 거울 속에 웬 까만 돼지 한 마리가 서 있다. 많은 변화를 꿈꾼 여행은 맞지만 이런 식의 변화는 달갑지 않았다. 아무래도 물처럼 마셔댄 코카콜라가 원인이 아니었을는지. 다이어트 콜라로 선택지를 변경해야 할 것 같다는 결론을 내린다(그냥 물을 마시면 안 되는 걸까).

통통해진 까만 돼지는 먹다 만 다이어트 콜라를 한

손에 쥔 채 오스트리아의 잘츠부르크에 도착했다. 이곳에서는 다시 카우치 서핑을 구했다. 호스트의 이름은 벤. 잘츠부르크 교외에 혼자 살고 있는 30대 초반의 남성이었다.

잘츠부르크 기차역에 내리자 누군가가 종이를 들고 서 있었다. '환영'이라는 한국어가 눈에 띄었다. 눈을 가늘게 뜨고 자세히 살펴보니, '환영' 아래에 'soo hoon YOON'이라는, 내 영문 이름이 적혀 있었다. 종합하자면 '환영, soo hoon YOON'. 아이고, 세상에. 이곳에서 나를 환영해줄 사람은 한 명뿐인데. 잘츠부르크의 호스트, 벤이구나. 굴림체의 '환영'이라는 두 글자와 페이스북에서 그대로 복사해온 듯한 소문자와 대문자가 섞인 내 이름에 괜한 웃음이 터졌다. 전혀 예상치 못한 뜻밖의 환영 인사에 잠깐 놀랐고 살짝 감동했다.

버스를 타고 도착한 벤의 집은 잘츠부르크 교외에 있는 아담하고 깔끔한, 혼자 살기 딱 좋은 주택이었다. 고층 건물이 없어 창밖에는 넓은 하늘이 선홍색 빛으로 펼쳐져 있고, 나무에 둘러싸인 작은 마당도 있었다. 무엇보다 가장 눈에 들어온 것은 주방에 놓인 갖은 식재료와 향신료, 그리고 조리 도구들이었다. 잠깐 스쳐봤을 뿐이지만 그가 요리를 즐긴다는 것쯤은 금방 추측할 수 있었다. 향신료는 각을 맞춰 깔끔하게 정리되어 있고, 찬장 위 접시 등은 물자국 하나 없이 차곡차곡 쌓여 있었다. 창가에 여섯 개의 사과를 익어가는 순서대로 열을 맞춰 세워놓은 데선 감탄해버렸다. 초록색에서 붉은색으로 변해가는 그러데이션 사과는 인스타 감성 사진으로도 손색이 없어 한 컷 담아 갔다. 뒤를 돌아보니 벤이 마음껏 찍으라며 박수를 쳤다. 나도 나지만, 이 사람도 결코 평범한 캐릭터는 아니구나 싶었다.

벤은 말이 많았다. 유독 말과 행동이 느린 나는 그의 속도를 따라잡기 힘들었다. 내가 한 단어를 사용할 때 벤은 이미 열 개 이상의 단어를 쓰고 있었다. 그렇다고 그의 말과 행동이 소란스럽게 느껴지진 않았다. 다만 무지하게 바빠 보일 뿐이었다.

부엌으로 들어간 벤은 정신없이 요리를 하기 시작했다. 마치 요리 프로그램에 참가한 도전자처럼 말이다. 가만히 있기 머쓱했던 나는 그에게 도와줄 게 없냐고 물었지만 단칼에 거절당했다. 부엌은 감히 침범해서는 안될 그만의 리듬이 살아 있는 공간인 듯했다.

'간단한 저녁'을 만들겠다던 벤은 올리브유를 뿌린 바게트에 아스파라거스, 방울토마토, 발사믹 크림을 올린 브루스케타를 시작으로, 토마토 수프 한 대접(대접이란 표현이 적당한 그릇이었다), 가니시를 곁들인 두툼한 스테이크, 그것과 곁들일 빵 5종 세트, 마무리로 하겐다즈 바닐라 아이스크림이 올라간 따뜻한 브라우니까지 풀코스를 내왔다. 한 접시가 비워질 때마다 벤은 순식간에 부엌으로 사라지더니 웃는 얼굴로 다음 접시를 들고 나타났다. 처음엔 감탄사를 연발하며 입안이 미어터져라 음식을 집어넣었지만, 정확히 스테이크를 먹을 즈음부터 뱃속에서 작작하라는 신호를 보내오기 시작했다.

음식뿐이었으면 차라리 다행이다. 작고 빠른, 그리고 많은 그의 말들이 조리되지 않은 채로 끊임없이 귓속으로 들어왔다. 대화의 절반만 이해하고 절반은 물과 함께 억지로 삼켜버린 것 같다. 잘츠부르크에서도 여전히 거절보다는 뱃속에 음식 하나 더 집어넣는 게 편한 예스맨인 나였다. 결국 그날 저녁, 소화가 되지 않아 뱃속에 욱여넣었던 풀코스를 전부 토해냈다.

난리가 난 배를 붙잡고 잠을 청하려는데, 베개 위에 귀여운 초콜릿 하나가 놓여 있었다. 동그란 구 모양에 모차르트가 그려져 있는 잘츠부르크의 특산품, 모차르트 쿠겔이었다. 잘 자라는 인사 대신 배게 위에 올려놓은 벤의 귀여운 배려에 그가 참 세심한 사람이라는 생각이 들었다. 포장지를 벗겨 그 자리에서 한입에 먹었다. 피스타치오 크림과 초콜릿이 조화롭게 섞인, 처음 먹어보는 맛의 맛있는 초콜릿이었다. 아, 방금 토하고 나왔는데. 까만 돼지가 된 데에는 다 이유가 있는 법이다.

이튿날, 벤에게 추천 받은 쾨니히 호수에 다녀왔다.

잘츠부르크를 찾은 건 사실 '할슈타트'라는 곳에 가기 위함이었지만, 가장 가고 싶었던 곳인 만큼 마지막으로 남겨두고 싶었다. 그래서 먼저 다른 곳부터 가기 위해 벤에게 추천을 부탁했다. 벤은 '투 머치 토커'답게 관광 브로슈어 열댓 장을 들고 와서 하나하나 소개해주기 시작했다. 브로슈어에는 해발 고도가 높은 곳에 세워진 요새 같은 곳도 있었고, 잘츠캄머구트의 풍경을 바라보며 온천 여행을 할 수 있는 패키지도 있었다. 그중 나의 시선을 사로잡은 곳은 붉은색 양파 모양의 귀여운 지붕을 쓴 교회가 자리한 에메랄드빛 '쾨니히 호수'였다.

"'쾨니히 호수'는 '왕의 호수'라는 뜻이야."

과연 그 이름에 걸맞은 비현실적인 풍경의 사진이었다. 잘츠부르크 여행 책자에서도 본 적 없는 그 희소성에 더욱 흥분한 나는 당장 짐을 꾸려 쾨니히 호수로 향했다.

브로슈어의 사진 속 장소에 가려면 기차역에서 내려 선착장으로 이동한 다음, 배를 타고 호수 안쪽으로 더 들어가야 했다. 막상 선착장 앞에 도착하자 20유로 가까이 되는 배표 때문에 조금 망설였지만 '언제 또 와보겠나'라는 생각으로 왕복 티켓을 구입했다.

배는 약 열 명 정도의 사람만 태우고 사진 속 장소로 향했다. 전기 모터로 운행되는 배는 물 위에서 소리 없이 미끄러지듯 움직이며 파노라마로 펼쳐진 풍경을 감상하는 데 최적의 환경을 만들었다. 빙하가 녹아 만들어진 호수는 아름다운 에메랄드빛이었고, 호수 위에 반사된 거대한 산의 풍경은 그야말로 절경을 이뤘다.

하이라이트는 그 순간부터다. 선장 아저씨가 갑자기 운전을 멈추고 어디선가 커다란 트럼펫을 들고 나타나더니 연주를 시작했다. 거대한 호수 한가운데서 울려 퍼지는 트럼펫 연주였다. 그 순간만큼은 이 세상에 존재하는 것이 에메랄드빛 호수와 트럼펫 멜로디뿐이었다.

몇 초 뒤, 멜로디는 메아리가 되어 다시 우리에게 돌아왔다. 무어라 말로 형용하기 어려운, 진한 감동이 가슴에 일렁였다. 두 번은 없을 정말 환상적인 경험이었다.

이윽고 도착한 붉은 지붕의 교회 앞에서 수백 장의 사진을 찍었다. 100장을 찍으면 이 순간을 영원히 기억할 수 있을까 싶은 마음으로 마음껏 셔터를 눌렀다. 자주 꺼내보지 않을 사진이란 걸 알고 있었다. 아니, 어쩌면 한 번도 보지 않는 사진들이 될 수도 있었다. 그럼에도 메모리카드는 효용 없는 사진들로 가득 찼다. 그곳에선 누구라도 그리했을 것이다.

셋째 날, 할슈타트에 갔다.

고등학교 시절, 내 컴퓨터 바탕화면은 할슈타트의 풍경이 펼쳐져 있었다. 어렸을 적 한 번쯤 가슴속에 품어봤을 여행에 대한 로망, 내게는 바탕화면 속 할슈타트 사진 그 자체였다. 동화 속에서나 볼 법한 아름다운 소금 마을, 할슈타트. 드디어 꿈꿔온 그곳이 코앞에 있었다.

할슈타트에 가는 날, 아침부터 조금씩 부슬비가 내렸다. 쾨니히 호수에 갔던 전날, 먹구름 낀 날씨가 불안하다 싶더니 결국 비를 쏟아내기 시작했다. 화창한 할슈타트를 볼 수 없다는 생각에 속이 상했지만 괜찮았다. 할슈타트니까.

잘츠부르크에서 할슈타트로 가려면 기차를 두 번 갈아타고, 선착장에서 다시 배를 타고 들어가야 했다. 지도상 먼 거리는 아닌데 대중교통으로 가기 위해선 돌아가는 길을 택할 수밖에 없었다. 이동하는 데 생각보다 오랜 시간이 걸렸지만 괜찮았다. 할슈타트니까.

약 두 시간이 걸려 할슈타트에 도착했다. 도착과 동시에 거짓말처럼 비가 그치며 마을을 둘러싼 호수 위로 환상적인 무지개가 펼쳐지기는 개뿔, 미친 듯이 비가 쏟아졌다. 어쨌든 오긴 왔으니 미리 챙겨 온 우비를 주섬주섬 꺼내 입고 우산을 펼쳐 든 채 마을 구경을 시작했다.

걷기 시작한 지 10분이 채 되지 않아 거센 바람이 불어댔다. 양손에 꼭 쥔 우산으로 바람을 막으며 겨우 발을 내디뎠다. 비 오는 할슈타트의 풍경을 꾸역꾸역 두 눈에 담았다. 아니, 사실 전방 1km 풍경 밖으로는 그 무엇도 보이지 않았다. 그토록 꿈에 그리던 곳에 왔건만. 비와 바람, 그리고 안개 때문에 제대로 걷지도 못하는 상황이라 그만 실소가 터졌다. 멀리 희미하게 보이는 소금 광산에서는 구정물 같은 빗물이 폭포처럼 쏟아지고 있었다. 마치 내 마음 같아 폭포와 함께 막무가내로 소리를 질러버렸다.

"부웨에에에엑!"

역시 계획대로 될 리 없는 여행이구나 싶었다. 그래도 나름의 의미를 붙여보려 했지만 아쉬움이 걷힐 리 없었다. 유럽 여행을 꿈꾸게 해준 장소였기에, 실망과 허탈함도 곱이었던 것이다. 다음을 기약하자는 마음으로 그대로 그냥 돌아왔다(결국 다음 해에 다시 갔다. 그런데 또 비가 왔다).

잘츠부르크에서의 마지막 날 역시 하루 종일 비가 내렸다. 나는 벤의 집에서 꼼짝 않고, 누워 있거나 차려주는 밥을 먹거나 그와 함께 루미큐브나 닌텐도를 하며 시간을 보냈다.

하루가 저물고 잠들기 전, 베개 위에는 늘 귀여운 모차르트 쿠겔 하나가 놓여 있었다. 내일까지 참지 않으면 한 번 더 양치를 해야 한다는 걸 알면서도, 하루도 예외없이 동그란 초콜릿을 입안에 쏙 집어넣었다. 『마시멜로 이야기』처럼 나중을 위해 아껴둬도 좋았겠지만, 그곳에선 그렇게 하고 싶었다. 그렇게 해야만 잘츠부르크의 하루가 마무리되는 기분이었다. 늘어난 뱃살로부터 자유롭지 못한 까만 돼지였지만, 나중 일은 나중에 생각해도 괜찮을 것 같았다. 예상치 못한 폭우를 맞이했던 할슈타트처럼, 지금이 아니면 놓칠 행복 또한 수만 가지이기에.

손을 뻗는 곳에 행복이 있다면 일단 잡고 보는 것이 현명한 태도일 것 같았기 때문이다.

어차피
망가졌을
카메라

카메라의 역사는 2013년 겨울로 거슬러 올라간다.

마트에서 한창 돈가스와 소시지를 팔고 있던 당시, 큰 여행을 앞두고 있던 내게 필요한 거 없냐고 묻는 아빠의 떡밥을 주저하지 않고 덥석 물었다. 그로부터 약 한 달간 서칭 모드에 들어갔고, 고심 끝에 미러리스 모델 중 비교적 저렴하고 디자인도 예쁜 니콘 J1을 손에 넣었다.

이 친구는 순전히 이번 여행을 위한 카메라였다. 구입 후 한 달이나 지나고 나서야—여행을 하루 앞둔 전날—포장을 뜯어봤으니 말 다 했다. 머릿속엔 유럽의 아름다운 풍경을 담은 사진들로 벌써부터 카메라 메모리가 꽉 차 있었다. 휴대폰으로도 사진을 찍을 수야 있지만, 어려서부터 카메라와 사진에 관심이 많았던 터라 눈만 높아진 내 성에 찰 리 없었다. 첫 여행인 만큼 모든 것이 특별해야 했다. 새 카메라와 시작하는 첫 여행. J1의 매끈하고 반질반질한 하얀 바디는 처음의 설렘이란 열기에 작지만 확실한 기름 한 방울을 떨어뜨렸다.

1차 위기는 인천공항이었다.

아빠와 함께 졸린 눈을 비벼가며 도착한 새벽의 인천공항. 사진을 찍어주겠다던 아빠에게 건네준 카메라가 차갑고 딱딱한 돌바닥 위로 떨어지는 걸 두 눈으로 목격하고 나서야 정신이 번쩍 들었다. 전기기사였던 아빠는 직장에서 전선을 만지다 손에 화상을 입은 상태라 양손 가득 미끄러운 바셀린을 바르고 다녔다. 거기에 새벽의 피곤함까지 더해졌으니 카메라의 추락은 어쩌면 당연한 수순이었는지 모른다. 그런 아빠의 사정을 아는데, 그 상황에서 무슨 말을 더 할 수 있었겠나. 더군다나 아빠가 사준 카메라다. 당장의 요란스러운 감정을 표출해봤자 달라지는 건 어색해질 공기뿐이라는 것을 알아 쓰린 속을 부여잡고 괜찮다며 웃어 보였다.

다행히 카메라는 작동되었다. 다만 카메라 플래시 부분이 찌그러져 플래시만 작동되지 않았다. 어차피 플래시는 거의 쓸 일이 없을 것 같아 괜찮다며 넘겼지만, 카메라는 순식간에 헌것이 되었다. 여행의 설렘도 헌것이 되어버린 것 같았다.

2차 위기는 돌아갈 날을 일주일 남긴 린츠에서다.

잘츠부르크에서 동쪽으로 약 100km 정도 떨어진 작고 아름다운 도시 린츠는, 거의 막바지 여행지였다.

린츠에서도 카우치 서핑을 했다. 남편과 함께 고양이 한 마리를 키우던 호스트 실비아는 도착과 동시에 토마토 파스타를 만들어주고, 남편의 자전거를 빌려주는 등 내게 많은 호의를 베풀었다. 특히 그녀가 빌려준 자전거 덕에 린츠의 구시가지 이곳저곳을 돌아다니며 여행할 수 있었는데, 그때까지는 미처 예상하지 못했다. 그게 사건의 화근이 되리라는 것을.

자전거로 쏘다니는 린츠는 반나절로도 충분히 구경할 수 있는 작은 도시였다. 생각보다 금방 끝난 동네 구경에 심심해진 나는 자전거도 있겠다, 몹쓸 호기심을 안고 아무도 가지 않을 법한 길을 향해 페달을 밟았다.

번잡스러운 시가지를 벗어나자 녹음이 펼쳐진 아름다운 숲길이 펼쳐졌다. 끝내주는 날씨에 콧노래도 절로 나왔다. 길은 곧 가파른 비탈길로 이어지더니, 어느덧 나는 산악자전거를 타고 있는 꼴이 되었다. 그쯤 되자 불필요한 끈기가 발동했다. 정상까지 가봐야겠다 싶었던 것이다. 결국 땀을 뻘뻘 흘리며 기어코 꼭대기까지 올라갔다.

정상에는 기대했던 대로 린츠의 아름다운 풍경이 파노라마처럼 펼쳐져 있었다. 이를 놓칠 새라 목에 걸려 있던 카메라로 주변 풍경을 쉴 틈 없이 담았다.

게다가 제법 그럴듯한 펍도 자리해 있었다. 역시 길을 개척하는 자에겐 보상이 있기 마련이라며, 여기까지 올라온 스스로를 칭찬하며 한자리 차지하고 앉았다. 얼음이 가득한 콜라를 주문해 마시고 솔솔 불어오는 바람을 맞고 있자니 진한 만족감이 차올랐다. 린츠 구경은 이것으로 다했구나 싶었다.

에너지도 충전됐겠다, 자전거를 끌고 다시 마을을 향

해 내려갔다. 가파르게 경사진 언덕이었던 만큼 내려가는 길 역시 험난했다. 아니, 곱절은 더 위험했다. 그러나 나는 그 위험한 길을 소리 내어 노래까지 부르며 신나게 미끄러져 내려갔다(여행은 자주 미친 사람이 되게 하는 것 같다). 그 순간, 수풀로 가려져 있던 코너에서 하얀 트럭이 머리를 불쑥 내밀었다. 너무 놀란 나머지 있는 힘껏 브레이크를 잡았고, 그 상태로 날아갔다. 입에선 노래 대신 외마디 비명이 뿜어져 나왔다. 나는 땅바닥으로 그대로 추락했다.

다행히 크게 다치진 않았다. 다만 두 가지 문제가 발생했는데, 첫 번째는 내 것도 아닌 자전거에 상처가 났다는 것, 그리고 두 번째는 목에 걸고 있던 카메라가 사망했다는 것이다.

여행 출발부터 불안하더라니, 결국 이렇게 되는 게 이 친구의 운명이었구나. 그렇게 나의 J1은 여행을 마치기 일주일 전 생을 마감하고야 말았다.

새로 산 카메라가 약 두 달여 만에 완전히 망가졌다. 누나가 선물해줬던 파란색 캐리어는 유럽의 돌바닥을 견

디지 못하고 바퀴가 두 개나 떨어져 나갔다. 여행을 위해 준비했던 모든 새것들이 헌것을 넘어 쓰레기가 되어가고 있었다. 어쩐지 시작부터 망한 느낌은 여행이 끝날 때까지 이어지는 것 같았다.

결국 여행의 다음 목적지인 체스케부데요비체에 도착하자마자 전자상가로 달려가 새로운 카메라를 구입했다.

돈도 없는데 무슨 카메라냐 싶기도 했다. 유튜버도 아니고, 그렇다고 사진작가나 여행작가도 아닌데 말이다. 이렇게까지 카메라에 집착한 이유는 사진이라는 기록이 확실히 여행의 질을 좌우했기 때문이다.

기록은 기억을 지배한다. 평범했던 시간도 정성을 담아 기록하면 다른 의미로 기억된다. 사진은 내게 그런 의미의 기록이었다. 평생 잊지 못할 20대의 첫 유럽 여행, (망한 것 같아 보여도) 그 경험을 가능한 한 가장 특별한 의미로 남겨두고 싶었다.

물론 돈이 없어 7만 원짜리 콤팩트 카메라를 살 수 밖에 없긴 했다. 그럼에도 휴대폰 카메라 화질보단 나아서 나름 위안 삼았다.

이후 7만 원짜리 카메라에 담긴 체코의 풍경은 '7만 원짜리 카메라 사진'처럼 기억 속에 남았다. 강한 콘트라스트와 자글자글한 노이즈, 흔들림이 심한 체스키 크룸로프와 프라하… 그것이 나의 체코다. 확실히 사진은 여행의 질을 좌우하는 게 맞았다. 적어도 나에게는.

그래도 나름 빈티지한 맛이 있는 것 같다며, 그게 또 동유럽 특유의 분위기와 어울리는 것 같다며, 7만 원짜리 카메라를 올려치기 한 나는 어느덧 마지막 여행지, 프라하를 앞두고 있었다.

Shun.

프라하에서 스카이다이빙을 하다

프라하에 도착했다.

프라하는 지금껏 가봤던 도시 중 영문 표기와 본래 이름의 괴리감이 가장 크게 느껴지는 곳이었다. 베네치아의 영문 이름, 베니스. 피렌체의 영문 이름, 플로렌스. 이런 도시의 이름들은 발음과 분위기, 인지도 측면에서도 통일감이 있는데 프라하의 영문 표기인 'prague'는 도무지 매치가 잘 안 됐다. 프라그*prague*는 왠지 개구리를 뜻하는 프로그*frog*처럼 들리기도 해서, 프라하를 얘기할 때마다 개구리가 떠오르기도, 또 명품 브랜드 프라다가 떠오르기도 했다. 결과적으로 프라하는 '프라다 백을 든 개구리'가 떠오르는 도시가 되었다.

프라하가 정말 프라다 백을 든 개구리 같은 위트 있는 이미지로만 남았다면 얼마나 좋을까. 그러나 프라하에 도착하자마자 나는 경찰에게 붙잡혔다. 망한 여행은 마지막까지 기대를 저버리지 않았다.

하지만 조금 억울한 면이 있었다. 아마도 그것은 새로운 형태의 인종차별이었을 거다. 열차에서 내리는 수많은 인파 중 경찰은 하필이면 나를 비롯한 동양인들만 솎아내어 단속을 시도했으니 말이다.

왜 동양인만 불러 세우나 싶어 불만이었지만, 무인 매표기에서 표를 구입했던 나는 당당한 태도로 티켓을 꺼내 보였다. 티켓을 받아 든 경찰은 대충 쓱 훑어보더니 미간을 찌푸리며 고개를 저었다. 그러고는 경찰수첩에 무언가를 적어 북 찢은 뒤 내게 건넸다. 종이에는 알 수 없는 체코어가 잔뜩 적혀 있었고, 그 사이 내가 유일하게 읽을 수 있는 숫자 800이 눈에 띄었다. 800코룬, 한화로 약 5만 원. 내가 지불해야 하는 까닭 모를 벌금이었다.

티켓을 끊었음에도 벌금을 내야 하는 상황이 이해가 가지 않아 설명을 요청했다. 그러자 경찰은 눈도 마주치지 않은 채 대답했다.

"네가 산 티켓은 외선 전용이야. 이 티켓으로는 지금 타고 온 이 열차를 탈 수 없어. 그러니까 무임승차 벌금이야."

반사적으로 튀어나오는, 마치 매뉴얼 같은 그의 대답을 들으며 확신했다. 이거 잘못 걸렸구나.

표를 끊을 때 많이 헷갈렸던 것은 사실이다. 하지만 역사 내에는 사람이 있는 매표소나 도움을 요청할 수 있는 사람도 없었고, 무인 매표기에서 혼자서 티켓을 끊을 수밖에 없었다. 결국 헷갈리는 자동 매표기 시스템에 허둥대며 끊어온 티켓으로 열차를 타고 온 것이다.

그런데 하필이면 경찰이 열차에서 내리는 동양인만 골라 단속을 하고 있었다. (그런데 프라하는 원래 이렇게 경찰들이 지하철 무임승차 단속을 하는 걸까?) 내가 구입한 티켓이 진짜 잘못 구입한 것인지 아닌지를 차치하고서라도 벌금을 안 내면 경찰서에 가야 된다고 으름장을 놓는 체코 경찰 앞에서는 할 말도 못 할 지경이었다.

현금이 없어 벌금을 낼 수 없다고 버티자 그는 함께 경찰서에 가서 카드로 긁으라고 제안했다. 체코 경찰서에는 카드로도 벌금 결제가 가능한 배려 깊은 서비스가 존재하나 보다. 혹시 무이자 할부도 되는지 물어보려다 이대로는 결론이 나지 않을 것 같아 그냥 800코룬을 꺼내 줬다. 옜다, 먹어라!

현금이 없다고 버텨보다 결국 지갑에서 돈을 꺼낸 것에 대한 민망함, 혹시 내가 만난 저들이 가짜 경찰은 아닐까 하는 짜증 섞인 의심, 이렇게 또 멍청하게 허공에 돈을 날렸다는 스스로를 향한 자괴감이 함께 밀려왔다. 어쩐지 프라하에서 보낼 마지막 5일이 그리 호락호락하지만은 않을 것 같았다.

800코룬의 충격은 다음 날까지도 쉬이 가시지 않았다. 무언가를 살 때마다, 볼 때마다 내가 날려먹은 800코룬과 비교하며 계산하기 시작한 것이다.

런던에 도착했던 첫날이 떠올랐다. 여행의 시작 지점인 런던에서도 그렇게 돈에 시달렸는데 마지막 도시 프라하에서까지 돈, 돈, 돈이다. 내 나중에 돈 엄청 벌어서 꼭 이곳에 다시 오리.

하지만 그 와중에도 할 건 다했다. 약 두 달여간 돈을 엄청 아껴 쓴 결과, 생각보다 상당히 많은 돈이 남아 있었던 덕이다. 비행기도 놓치고, 열차도 잘못 예약하고, 어처구니 없이 벌금도 내야 했던 나의 지갑은 여러 가지 혼란을 겪었지만 결과적으로 아낀 만큼 꽤 큰돈이 남았다. 그래서 프라하에 있는 동안은 여태 참았던 모든 것을 하기로 마음먹었다. 저렴한 체코의 물가 또한 돈 쓰는 맛에 한몫했다.

며칠간은 호텔을 예약해 묵었고, 식당에서 콜레노며, 스테이크며 먹고 싶은 건 다 시켜 먹었다. 카를교의 노점상에서 지인들에게 줄 모든 기념품을 구입했고, 체코의 전통 인형극인 〈돈 조반니〉를 보는 것으로 문화생활도 빼먹지 않았다. 거기에 더해 한국보다 훨씬 저렴한 가격으로 맥주와 체리를 원하는 만큼 사 먹을 수 있다는 게 가장 큰 행복이었다. 그리고 프라하를 떠나기 하루 전날, 이번 여행을 통틀어 가장 큰 결심을 했다. 스카이다이빙을 하기로 한 것이다.

프라하에서 스카이다이빙을 할 수 있다는 정보를 얻게 된 건, 한국으로 떠나기 이틀 전에 묵었던 민박집 아르바이트생으로부터다. 함께 아침을 먹다 혹시 스카이다이

이빙을 하고 싶은 생각이 없느냐는 그의 물음에 프라하가 나름 스카이다이빙의 성지라는 것을 알게 되었다. 사실 대개는 스위스에서 많이 하는데, 스위스는 워낙 물가가 비싸다 보니 상대적으로 저렴한 프라하에서도 많이들 한다는 것이 그의 설명이었다. 그 얘길 듣고 바로 검색에 들어갔다. 거의 반값으로 확실히 저렴했다. 하지만 전혀 계획에 없던 일이었기에 그냥 한 귀로 듣고 한 귀로 흘리고 말았다.

그런데 그 얘기를 들은 이후 하루 종일 스카이다이빙 생각이 머릿속에서 떠나질 않았다. 본능적으로 찾아본 후기 글들에는 그들이 느낀 생생한 기분과 아찔한 사진들이 올라와 있었다. 만약 내가 뛰어내린다면 어떤 기분일까? 털이 쭈뼛 서며 손에서 땀이 났다. 상상만으로도 짜릿한 그 기분을 참을 이유는 없어 보였다. 결국, 질러버렸다. 프라하에서 스카이다이빙! 새로 구입했던 비행기 티켓 이후로 이번 여행 최고의 지출액이었다. 그로부터 세 시간 뒤, 나는 프라하의 하늘에서 뛰어내리는 계획이 생겼다.

스카이다이빙 장소로 이동하는 버스 안에선 사실 별다른 감흥이 없었다. 그런데 막상 장소에 도착해 '사고가 나도 책임을 묻지 않겠다'는 신체 포기 각서에 서명을 하고, 스카이다이빙에 필요한 보호 장비를 착용하자 심장이 제멋대로 날뛰기 시작했다.

경비행기에는 나를 포함한 한국인 커플 두 명과 우리의 점프를 도와줄 다이버 세 명, 점프하는 모습을 찍어줄 촬영 다이버 세 명이 함께 탔다. 경비행기는 빠른 속도로 이륙하며 순식간에 하늘 위로 솟아올랐고, '도대체 얼마나 더 올라갈 생각인 거야' 싶을 때까지 계속 높이 올라갔다. 이윽고 땅 위의 모든 것들이 작고 하찮게 보일 즈음, 그렇지 않아도 땀이 많은 내 양손바닥은 촉촉하다 못해 축축해져 버렸다. 그리고 그 순간, 눈앞에 선발대로 한국인 커플 중 한 명이 뛰어내렸다. 충격과 동시에 강한 외마디가 뇌리를 스쳤다.

'내려줘!!!!!!!'

후회해도 소용없었다. 그다음이 바로 내 차례였기 때문이다. 점프를 도와줄 다이버가 내 뒤에 딱 붙어 있었지만 전혀 안심이 되지 않았다.

발아래로 거짓말처럼 작아진 프라하의 전경이 펼쳐져 있었다. 여태 망해왔듯이, 왠지 이 점프와 동시에 내 목숨이 끝나는 것으로 마무리되어도 전혀 이상할 게 없는 듯했다.

창백해진 얼굴로 덜덜 떨고 있는 와중에 뒤에서 나를 붙잡고 있던 다이버가 준비됐냐고 물었다. 사실 바람 소리와 겹쳐 무슨 말인지 잘 들리지 않았다. "뭐라고요?" 라고 대답하던 찰나, 다이버는 준비됐다는 대답으로 받아들였는지 그냥 점프를 해버렸다. 오 마이 갓. 눈을 떠 보니 하늘을 날고 있었다.

아니, 땅으로 곤두박질치고 있었다. 솔직히 말해 하늘을 나는 기분은 절대 아니었다. 놀이공원에서 바이킹이나 롤러코스터를 탈 때 몸 안의 장기가 들리면서 오금이 저린 그 느낌이 떨어지는 내내 지속되었다.

손을 펼쳐 브이를 해보라는 다이버의 말에 노력해봤지만 너무 무서워서 말라비틀어진 오징어 같은 브이 자만 만들어댔다. 나중에 찍힌 사진을 보니 손보다 얼굴이 더 오징어 같았다.

완전한 자유를 느낄 줄 알았던 예상과 달리 밑도 끝도 없이 무서운 기분만 가득한 스카이다이빙이 망한 여행다운 결말인 것 같아 어이가 없었다. 그러나 땅이 가까워질수록 괜찮아졌고, 낙하산을 펼치고 나서야 살았구나 하는 생각과 동시에 뛰어내리길 잘했다는(정확히는 '뛰어내림당하길' 잘했다는) 생각이 들었다.

땅에 완전히 착지하고 나자 기다리고 있던 직원들이 박수를 치며 'Congratulations!'를 외쳐줬다. 목숨을 부지한 것을 축하받는 기분이었다. 감사합니다. 살려주셔서….

다음 팀이 뛸 때까지 시간이 남아 카페테리아에 자리를 잡고 앉았다. 맥주 한 잔을 주문했는데 무슨 일인지 두 잔이 나왔다. 스카이다이빙의 긴장이 가시고 난 뒤의 맥주 두 잔, 무슨 말이 더 필요하겠는가.

맥주 두 잔을 마시고 난 뒤 숙소로 돌아와 밀려오는 피곤함을 이기지 못하고 잠이 들었다. 해가 다 지고 나서야 눈을 떴고, 길고 길었던, 무엇보다 다사다난했던 이

Shun.

두 달간의 여행을 이렇게 마무리할 순 없다는 생각에 무작정 밖으로 나와 걸었다.

수없이 걸었던 두 달이었지만 프라하에서의 걸음은 특별했다. 아니, 특별해야 할 것만 같았다. 이 여행의 마지막 밤 산책일 테니까.

어둠이 내린 거리에는 가로등이 하나둘 켜지기 시작했다. 한낮의 더위가 한 김 식은 오래된 돌바닥 위로 사람들의 설레는 발걸음도 화음처럼 쌓였다. 버스킹을 하는 뮤지션과 그림을 그리는 화가들, 세계 각지에서 온 관광객들이 저마다의 행복을 얼굴에 머금은 채 이 아름다운 도시를 거닐었다.

나는 걸음마다 시선이 닿는 모든 곳에 액자를 씌워주었다. 오렌지빛 가로등 아래 카를교, 거리를 수놓은 보석 같은 예술가들, 은하수가 흐르는 블타바강… 제멋대로 붙인 제목의 작품들은 기억 속의 공간에 전시해두었다. 이곳이 그리워질 때마다 두고두고 방문하리란 마음으로.

한참을 정처 없이 걷다 보니 어느덧 프라하의 전경이 펼쳐진 높은 언덕까지 올라와 있었다. 눈앞에 촘촘히 별을 박아놓은 프라하의 야경을 두고 마지막 작품의 제목도 붙여주었다. 아호이*Ahoj*(체코어로 안녕), 프라하. 헤어질 때도, 다시 만날 그날에도 부를 이름일 테니.

마지막 만찬으로 체코에서 가장 맛있게 먹었던 식당을 또 한 번 찾아 굴라시를 먹었고, 숙소로 돌아가는 길에 미뤄놨던 엽서들을 모두 한국으로 부쳤다.

나의 망한 여행은 프라다 백을 든 개구리의 도시에서 그렇게 하루 만에 정리를 마쳤다. 내일이면 어떤 기분일까. 사실 그보다 귀국행 비행기를 놓치진 않을까 하는 생각뿐인, 역시 망한 여행다운 마지막 걱정이었다.

epilogue

망했지만,
소망했기를

이 여행기는 (본문에 등장했던) 2013년의 노란 일기장을 바탕으로 쓰였다. 매일의 기록이 빽빽하게 적혀 있는 이 일기장엔 어째서인지 마지막 장이 없다. 기억하기로는 귀국행 비행기에서 적으려고 계획했던 마지막 기록이 누적된 57일간의 긴장과 피로를 이기지 못하고 꿈속으로 증발되었던 것 같다. 이 여행의 마지막 에필로그를 8년이 지난 지금에서야 적는 이유다.

나의 오랜 버킷리스트 중 하나는 여행 에세이를 쓰는 것이었다.

별다른 노력 없이도 수많은 영감을 안겨준 존재가 여

행이다. 낯선 공간, 낯선 공기, 낯선 사람. 수없이 마주했던 낯선 순간들은 늘 글과 그림으로 기록하고 싶다는 열의에 불을 지펴줬다.

그러던 중 작년 초, 여행 에세이 출간 제안을 받았다. 상상만 해왔던 나의 여행을 한 권의 책으로 짓는 일이 마침내 현실에 닿은 것이다.

출간 계약 후 프랑스행 비행기 티켓을 끊었다. 나를 움직여줄 연료가 간절한 시기였던 데다 책이라는 구실까지 생겼기에 가지 않을 이유가 없었다. 프랑스, 스페인, 포르투갈, 터키로 이어지는 약 한 달간의 일정. 그곳에서 새로 채운 연료로 책을 쓸 수 있을 거라는 기대에 신이 났다. 그리고 몇 주 뒤, 언론과 뉴스는 예상에도 없던 코로나바이러스로 뒤덮였다.

몇 달 뒤, 편집자님에게 연락이 왔다. 점점 더 여행이 어려워질 것 같으니 여행 에세이는 포기하자는 얘기가 아닐까 걱정했지만, 방향을 바꿔 새로운 기획으로 진행해보자는 내용이었다. 당황스럽고 어려운 상황임에도 그런 결정을 해준 편집자님과 출판사에 감사했다.

여행을 할 수 없는 시기에 여행 에세이라. 새 기획의

시작부터 머리가 아파왔다. 고민 끝에 내린 결정은 과거의 여행이었다. 그것도 서투르고 어색했던 '엉망진창' 첫 여행으로.

기억해보니 나의 첫 여행은 엉망진창 그 자체다. 출발 전부터 예약을 잘못하고, 지갑을 잃어버리고, 비행기를 놓치질 않나, 이상한 사람들이 꼬이질 않나….

그러나 아이러니하게도 그 이후 나는 틈만 나면 여행을 다니는 여행 중독자가 되었다. 지금까지 여행을 다녔던 도시만 해도 마흔 곳이 넘는다. 완전히 망한 줄 알았던 나의 첫 여행은 계속되는 다음 여행의 도화선이 되어준 셈이다.

여기에는 아주 중요한 메시지가 있었다. 엉망진창 무너진 지금의 이 시기도, 어쩌면 무언가의 도화선이 되어줄지도 모른다는.

결국 8년이 지난 이야기임에도 충분히 꺼내볼 만한 이야기란 결론에 이 여행기를 쓰게 되었다.

글을 쓰는 내내 수많은 감정이 교차했다. 그 도시, 그 시간에 머물렀던 사람들이 떠오르기도 했고, 또다시 마주할 수 없을 순간인 것 같아 울컥하기도 했다. 비록 바르셀로나의 노천카페에서 적어 내리는 실시간 여행기가 되진 못했지만, 두 번은 없을 듯한 이 특별한 작업에 적잖은 위로를 받았던 것 같다.

어디선가 들었는데, 코로나 이후에는 이 여행기와 같은 유럽 여행이 불가능할지도 모른다고 한다. 아무래도 국경 사이를 자유롭게 오가던 그때의 유럽과는 많은 것이 달라져 있겠지. 그래서인지 이야기를 쓰는 내내 꿈속을 여행하는 기분이었다.

다시 자유롭게 여행을 다닐 수 있는 날이 언제가 될지는 모르겠지만, 그때까지만이라도 아니, 그 이후에도 '망했다' 싶은 순간에 작게나마 위로가 되는 글이었으면 좋겠다.

마지막 문단은 마무리 짓지 못했던 노란 일기장의 마지막 페이지처럼 적고 싶다.

“여행이 끝났다. 한국으로 돌아가는 비행기 안이지만 실감이 나지 않는다. 이 일기장의 빈 페이지가 두 장 정도 남은 것을 보니 조금은 실감이 나는 것 같기도 하다.

자고 일어나면 한국에 도착해 있겠지? 보고 싶었던 가족들을 만날 수 있고, 그토록 먹고 싶었던 김치찌개도 마음껏 먹을 수 있다. 친구들과의 술 한잔도, 그립던 무대에 서는 일도 다시 코앞이다. 그런데 왜 슬플까.

벌써부터 그리운 것투성이다. 파리의 니콜라, 안시의 나탈리 부부, 콜마르의 제이 누나, 잘츠부르크의 모차르트 쿠겔과 뜨거운 태양, 눈이 부시게 푸르던 카프리의 바다… 아무래도 그곳에 무언가를 두고 온 기분이다.

여행의 시작부터 끝까지 바람 잘 날 없는, ‘망했다’는 말을 입에 달고 다녔던 두 달이지만 참 행복했다. 돈 모아서 꼭 다시 와야지. 당장 내년에라도.

나의 인생에서 가장 스펙터클했던 근 두 달. 비행기를 놓쳤던 순간의 나를 다시 만난다면 꼭 전해주고 싶다. 이 여행, 네가 소망했던 바로 그 시간이 될 거라고.”

Shun.

계획대로 될 리 없음!

2021년 7월 1일 초판 1쇄 인쇄
2021년 7월 8일 초판 1쇄 발행

지은이 윤수훈

발행인 윤호권·박헌용
본부장 김경섭
책임편집 홍은선

발행처 (주)시공사
출판등록 1989년 5월 10일(제3-248호)

주소 서울시 성동구 상원1길 22 7층(우편번호 04779)
전화 편집 02-2046-2897·마케팅 02-2046-2800
팩스 편집·마케팅 02-585-1755
홈페이지 www.sigongsa.com
ISBN 979-11-6579-610-5 03810